6路车开往终点

江言 著

陕西新华出版传媒集团
太白文艺出版社·西安

图书在版编目（CIP）数据

6路车开往终点 / 江言著. -- 2版. -- 西安 : 太白文艺出版社, 2017.9（2023.2重印）
ISBN 978-7-5513-1272-1

Ⅰ. ①6… Ⅱ. ①江… Ⅲ. ①长篇小说—中国—当代 Ⅳ. ①I247.5

中国版本图书馆CIP数据核字(2017)第186891号

6路车开往终点
6 LU CHE KAI WANG ZHONGDIAN

作　　者　江　言
责任编辑　史　婷
整体设计　行龙文化
出版发行　陕西新华出版传媒集团
　　　　　太白文艺出版社
经　　销　新华书店
印　　刷　三河市嵩川印刷有限公司
开　　本　880mm×1230mm　1/32
字　　数　200千字
印　　张　8.625
版　　次　2016年1月第1版
　　　　　2017年9月第2版
印　　次　2023年2月第2次印刷
书　　号　ISBN 978-7-5513-1272-1
定　　价　48.00元

联系电话：029-81206800
出版社地址：西安市曲江新区登高路1388号（邮编：710061）
营销中心电话：029-87277748　029-87217872

序幕

什么让我们眷恋？夜晚的繁星，林间的鲜花，耳畔的笑语——一切美好而短暂的事物，都会激起人们内心深处的依恋之情。有时候，当你听到某首歌、读到某行文字、瞥见某个场景，是否会在瞬间被感动，想起过往那些萋萋芳洲，那些楚楚伊人，想起我们年少时隐秘的情怀……

你不由自主被拽入孤独追忆的暗流，这种掺杂着酸楚、痛惜、无奈、甜蜜的理不清的情感，它撩拨起你记忆的琴弦，时而消沉，时而欢快。你的心中是否幻化出一片愁云惨雾，又顿时一亮，或低或高的琴声恰似记忆之光明明灭灭，不经意间演奏出令人回味无穷的悠远乐章。

此刻，我恰恰遭遇了这复杂的情绪。我正在西二环上尾随着堵塞的车流如蜗牛般徐徐前行，突然听见车载音乐台朗诵一首年代久远的配乐美文《永远的蝴蝶》：“那时候刚好下着雨，柏油路面湿冷冷的，还闪烁着青、黄、红颜色的灯火……”

这意料不到的朗诵声使我猝不及防，脑际猛然一颤，握着方向盘的双手也似乎跟着微微颤抖。也可能是错觉，但我的的确确受到这声音的影响，这篇我们曾经吟诵多次无比喜爱的文章，随

着时光的流逝早已被忘却在记忆的某个角落里，其上想必布满尘土，一片寂寥。但，不想还有人先我记得。

“‘谁叫我们只带一把小伞啊。’她微笑着说，一面撑起伞，准备过马路去帮我寄信……”多么熟悉的声音，在瞬间感染了我。

“没有人知道那躺在街面的，就是我的，蝴蝶……”文章缓缓朗诵完。之后略略安静了几秒钟，才听男主持人说：“好美的文字，让我心好痛。”女主持人说：“有点伤感，听得我想掉眼泪。”

“这是个凄美的故事，深深地拨动了我们的心弦。”女主持人说，“现在让我们短暂伤感几秒钟——一——二——三，好了，我们再回到现实生活中来，现在来到轻松的搞笑一刻！”

“三个小孩去智商仪上测智商，第一个小孩100，第二个小孩110，第三个小孩把头伸进去机器没有反应，良久才缓慢发出声来，”男主持人故意卖关子，拉长了语调说道，“‘请不要把木瓜伸进来！’”

“哗啦啦啦啦……”是录制的拍掌声音。我不由乐得跟着笑出声来。

电台主持人不愧科班出身，情绪收放自如，但我却不能。一笑之后陷入深深的惆怅中。

这篇文章因她朗诵过，当时便无缘由地喜欢。时隔多年再次聆听无比亲切。这伤感的声音，在瞬间触动我埋藏久远的记忆。

关于她，我不知如何述说。现在，昔日时光早已流逝不见，我不再是从前那个充满幻想的清瘦少年，但她在我心中一直是那个静美的少女。她那自然天成的纯真、始终不肯开怀的羞涩笑容、欲说还休的矜持，曾那般深深地感染着我！

我曾拒绝和某人的重逢，但对于她，我渴望相见，哪怕短暂的一刻。可现在我知道这是奢望，她在往事之河上消逝，再无影踪。

我期待与她的相逢。十年时间，时光飞逝万物流转，杜拉斯的湄公河干涸又丰盈，村上春树的大象想必已经重返心中平原，但她，始终不曾回来。

我驱车沿着6路公交车的线路向郊外行进。6路车从城南经过市中心开往城东，从前是从城南的科大开往城东的工大，或者说是从城东的工大开往城南的科大。如今，两头都扩延了线路。南边延伸五站通到郊区新建的跳水馆，东边延伸三站到东开发区，从距离上看已到了k河之畔。

一路上是鳞次栉比的高楼、富贵逼人的各款名车、风姿绰约的各色广告牌，还有秀色可餐的美少女的身影……但这些只是我眼中的过客，事实上再美的景致此刻于我都只能算是过眼云烟，因为我已沉浸到往事的浮想之中……

曾几何时，我的心一直在6路车上不曾离开。这路曾载过我和方莹无数个来回的公交车留下我许多的记忆。6路车从起点开往终点，再从终点回到起点，几乎每个周末，甚至有时候下午课后，我都会坐上6路车去终点工大找方莹，一起吃饭、看电影、游玩，算好时间赶在女生宿舍楼熄灯前回来。相反，方莹也会坐6路车到终点来科大找我，赶在女生楼关门前回去。当然我乘车找她的次数远远多于她来找我的次数。从这点上，我明白我对她的在乎多于她对我。想到这儿我很伤感，因为自始至终我不知道她爱不爱我，她从来没对我说过“我爱你”三个字。当然我也吝啬地没说过。我最多只说过 “我喜欢你”，等到我非常想给她说那三

个字的时候，她却离我而去了。

我现在还记得6路车上温馨的时刻，她永远坐在我前排，她喜欢转过来和我说话，风拂过她的秀发，飘在我搭在座位后背上的手臂上，很温暖细腻的感觉。有时候上来老人或孕妇，她总是第一时间起身让座，而这时我就有理由让她和我坐在一起。起初她因为羞涩而不愿意，后来还是坐下来，我向后移，给她腾出地儿来，她坐下，我双手环绕她腰际，闻到她发梢上好闻的洗发水味道。再有时候我也给人让座，我俩各一只手握住公交车顶部的吊环，另一只手拉在一起直到终点，就算握出细汗也不曾分开……

这温馨的6路车，我和方莹相处的十分之一的时光便在其上。每次单程近40分钟的车程，三年算下来是一段不短的光阴，但我始终觉得太匆匆。还来不及回味，来不及留恋，便随风而去了。

车经工大校区，我放缓了速度。这是方莹的母校，我曾经多次拜访过，留下太多的足迹。现在我只能从车上短暂地窥得一二，校门显然整饰一新，沿街的那一排门面房不见了，取而代之的是铁栏杆围起的“现代围墙”，目之所及是昔日的图书馆、田径场，场上像是有班级在上体育课。

6路公交线从前到此为止，现在向东延伸，三站后到达终点k河之畔。k河之畔是我的终点，我和方莹不止一次去过那里，而且，方莹也独自去过那里。我有许许多多的问题，当年不曾想到，甚至如今也不甚明白的，也许，在那里能找到答案。

有风从河中来，清风习习，涟漪荡起，散向远方。有蜻蜓掠过水面，拂动翠柳的倒影。河岸有青草，有蒲公英的嫩黄花冠。草间则有蟋蟀在唱歌，有不知名的虫子在巡游。

这些都未改变，改变的是从前人迹寥寥的乡村水域如今成了炙手可热的开发热土。当年我们需踏过杂草步行于此，现在已有宽敞的车道直达，水岸边则竖起挺拔的高楼。

纵使相隔多年，我对这片水域的情感始终未变，何况那些往事，我终究无法逃避，必须回来真诚面对。音乐台的一篇配乐文章突然让我坠入往事的深渊，我先要从这深渊中爬出，我原以为我足够坚强，不曾想在往事面前，我始终不堪一击！

水边已失却当年的宁静，有行人三三两两走过，也有青春少女在草间摘取蒲公英的花瓣，踮起脚尖轻轻移动想捉住那绿色的蚂蚱。我终于恍惚了，十年前女孩方莹，也是这般光景。我审视着每一位路过的青春少女，无论长相、气质，在我眼里她们都和方莹相去甚远。

看来，时间可以洗涤一切，那时候我偶尔觉得她任性、不够活泼，甚至有些认死理，在这里我们甚至有过激烈的争吵。但现在，她在我记忆里只剩下美好。想必是年龄的关系吧，现在我成长得足以盛下所有温柔，但她却离我远去了。

对于她，种种原因，我连一张照片都没留下。也许是时隔多日的缘故，我已忘却了她的容颜，但奇怪的是此时此刻她的模样渐渐清晰，虽然还不能忆及全貌，但我已经能够清晰地记得某一刻的场景。譬如，她抿嘴浅笑舒心的样子，她挽着我的胳膊很温柔的神态，还有她生气时欲夺路而走的坚定的模样……

事实上，在她离开我的第二年春天，我一度十分伤感，频频想起初逢的旧事，想起这个城市，想起彼此的校园，想起6路车，想起这河及河之岸边，我很想写点什么，以示纪念。可写些什么

呢？因为我不知道开始在何处，也不知道终点在何方。但现在，既然我再度掉入记忆的泥潭，就必须静下心来，理清头绪，完完整整地讲述这个故事。因为，我曾经说，我会把她写进我的故事里。她当时说，我才不呢，我问她为什么，她说故事都是假的，她不喜欢故事。不过她说，你写吧，她唱道："看我在你心中是否仍完美无瑕。"

这是我能记得她能让我释怀的话语之一。"看我在你心中是否仍完美无瑕。"完美无瑕的颤音，完美无瑕的歌词。可是，我被她这悠扬之歌所迷惑，我以为这只是她的无心笑语，直到多年以后想起这个片段，我才知道她心中的世界，其实有最火热的挽留。我始终无法进入的她遥远的心灵尽头，不是荒原，而是接近天际线的自由！

1

好比一本书，需要从头读起，任何断章取义都将失之偏颇或适得其反。记忆也大抵如是，它薄如蝉翼，稍有疏忽折损将不复完整。我必须小心翼翼从头说起，是的，从头说起。

我的高中时代是在南部的一个小县城度过的，像中国许许多多落后的小县城一样，虽然贫瘠却是成长的温情天堂。

县城高中坐落在城市中心区，学校后门开在最繁华的正街上，离县城的中心地标建筑百货大楼只有500米不到。后门只在上学放学时才打开那么一会儿，平时大门紧闭，但这并不妨碍我们对正街的憧憬。正街上有录像厅、音响店、台球厅、电子游戏厅、书店……我们在体育课时总能听到正街上音响店里传来的罗大佑的歌声“乌溜溜的黑眼珠和你的笑脸，怎么也难忘记是你容颜的改变……”以及陈慧娴的“来日纵是千千阙歌，飘于远方我路上……”低音炮震耳欲聋。门对面是一家录像厅，整日放的是港台录像，打斗枪战武侠和无厘头搞笑一应俱全。这里不但是我们周末结伴而去的天堂，有时从门缝里看见“新片运到”的字样也使得我们心痒难熬。课堂上女生传阅的是琼瑶的言情小说、席慕容的诗，男生则多看金庸、古龙、梁羽生的武侠小说。课间谈论

最多的是这武侠的豪情。诸如小李飞刀和阿飞武功孰高孰低，胡斐在雪山之巅的那一刀是否会向苗人凤砍下去……

我所在的高三（1）班是毕业班里唯一的重点班，班上60名学生。在这样的县城高中，每年能考上大学的学生不超过十个，大部分学生只是陪太子读书。所以老师多是睁只眼闭只眼，只抓前20名。对我们这些20名之外的差生来说，学不学其实并不重要。高三年级还有两个毕业班，被称为慢班，差生云集，连一个大学生都甭想出现。事实上他们连参加高考的机会都没有，学校出于升学率的考虑，会考过后就放他们回家了。既然没人管，我们的逃课顺理成章，打台球、看录像这些功课我温习得滚瓜烂熟。我最爱看的是《逃学威龙》《赌神》以及《英雄本色》，每一部都看了三次以上。台球技艺从无到有，最后竟然和高手过招也不胆怯。当然我们逃课也不是十分自由，门卫便是妨碍我们的死敌。但敌人有缺陷，他喝水频繁，一杯茶一会儿就喝完，趁他转身进屋给茶杯添水的空当，我们一溜烟闪过门口，猫着腰从窗下快速穿过。有时候校长心血来潮会站在门口，他伟岸的身躯像铁塔一般，彻底封锁了我们前进的道路。这时我们只能从武侠中寻找灵感，实习飞檐走壁的绝技，溜到操场，从紧挨围墙的大树上冒险跳到围墙上，然后猫腰弓下身子，双手扶紧墙头，吊下身子从围墙上跃下来。有一次不小心，下来的时候跳在石头上扭了脚。整整两个月，我一摇一晃地进出班里，俨然成了一道风景。

方莹就在这个时候转学到了我们班上。她由班主任领进来的时候我正在为行动不便整日待在教室里而烦躁。她是那种能让人眼前一亮的女生，短发齐耳，明眸皓齿。做自我介绍时一开口竟然是标准的普通话，相对满教室学生只讲方言的情形来说，这一

点尤为重要，给我留下了深刻的印象。接下来的时间她的一举一动尽收我眼底，我甚至打听出了她来自县城东部深山里的××基地中学。基地原本是军工企业，现在转向民用，规模庞大，据说连职工和家属加起来有三万人之多。来自这么大的企业，她说普通话就很好理解了。

这个普通话说得十分标准的女生，连语文老师也注意到了。第三周作文课上，语文老师给大家推荐了一篇他认为很好的文章，他建议由方莹读，他说用标准的普通话读出来才有味道！

方莹欣然受命，她开始朗诵。很优雅的普通话朗诵，我只能从电视里才能听到的标准的、动听的普通话！她加入了自己的情感，因而十分动听。我直到现在还仿佛听到她那甜美的朗诵：

“那时候刚好下着雨，柏油路面湿冷冷的，还闪烁着青、黄、红颜色的灯火。”

语文老师授意她朗诵的是台湾作家陈启佑的《永远的蝴蝶》，讲述的是一个女孩过马路帮他男友寄信，却意外发生车祸不幸遇难的事。她读着读着，被情节感染，仿佛身临其境，眼里噙满泪水。

“没有人知道那躺在街面的，就是我的，蝴蝶。这时，她只离我五米远，竟是那么遥远。更大的雨点溅在我的眼镜上，溅到我的生命里来。”

这电视里才有的温情音调从她嘴里发出，宛如天籁之音。我久久地凝视着她，自己浑然不觉。

她坐第三排，我坐倒数第三排，我实在找不到机会和她说话。我一拐一拐进教室时会飞快地扫她一眼，但她从来不曾看我一下。

真正的交往始于两个月后的校运动会上。班长确定了我们班

通讯组的人选，我排在第一位，接下来还有三位，她居末。

作为学习成绩中等，但语文成绩每次傲视群雄排名第一的我，的确有入选的理由，我的作文很受语文老师赞赏，常常作为范文在班上及年级里诵读。尽管班长不太欣赏我，但出于稿件播出率的考虑，每年的运动会，我是铁定的通讯组成员。

她被选上，可能是普通话好的缘故，但普通话好和写通讯稿不知有何必然联系？以我小人之心想，那就是班长喜欢她，班长恰好坐她前排，据我的观察，他最近回头的频率的确偏高。

运动会进行得如火如荼，我的通讯稿写得不亦乐乎，很快在播出数量上引领全校班级之先。“现在是高三（1）班来稿”，这句话的出勤率刺激着她，因为里面没有她的一份功劳。我们通讯组的四人分两张桌子前后坐在一起，由团支部书记亲自服务，谁缺纸少墨水之类，团支部书记会殷勤地供给。再有，谁的通讯稿写完，团支部书记也会立马给主席台上的审稿组递上去。审稿组由学校语文教研组的三位年轻老师担任，她们选好稿件这才交给播音组播出。

方莹热情高涨，但遗憾的是她的投稿全部泥牛入海，这使得她很沮丧。我不动声色地静观其变，尽管我和她坐在一块，但没和她说一句话。

终于，她忍不住了，她侧过身来，把一张纸轻轻放在我面前：“你能帮我看看吗？”标准的普通话，很好听。没等我应声，她就侧过身去。

我将她的稿件略作修饰，改平庸的字眼成华美的句组，加入充满激情的感慨，如同素衣淡服的女子略施铅华和粉黛，自然更

易上镜。改好后我用钢笔头轻打她左臂示意，她接了过去。她重新工整地抄写一份，递给了团支部书记。

五分钟后，稿件播出了。我看出她很高兴，她回过头来说谢谢你。

这改稿的举手之劳让我给她带来了好感。看得出来她是个知恩图报的女孩，中午休息时分我把刚刚痊愈的脚架在桌子上看古龙的《多情剑客无情剑》，她吃完饭返回来，将一个餐巾纸衬着的苹果递给我。“谢谢！”我接过来。她另一只手里也有一个苹果，她轻轻咬一口，露出洁白细密的牙齿。

“在看什么啊？”

“古龙的小说。”我把书从桌上推给她。

她一只手接过去，翻了几页。

“武侠小说我弟挺喜欢看的。”

……

交谈这玩意儿，只要双方有彼此交流的愿望，就算说个三天三夜，也有说不完的话题。家庭状况、童年趣事、师生逸事、市井见闻……你可以诸门列举，也可以融会贯通。

我对方莹的情况有了更进一步的了解，她本来在她们厂里子校上高中，但子校的教学质量比不上县城里，所以就托关系转到我们班来。虽然这里每年只能考上几个大学生，好歹也是县城硕果仅存的重点高中。

她显然是不愿意的。初到陌生环境，没有朋友，住在简陋的女生宿舍里很不方便。而且这里的学生基本上都说方言，连老师

都很少讲普通话，听课都存在语言障碍。

这一点激起了我的共鸣。我告诉她其实我也不喜欢听人说方言，我家也不在这儿，因为这里的高考分数线要比我们那里少 20 分，所以就被父母硬塞到这儿了。

是吗？她说。这相似的境遇使彼此的距离越来越近。直到大家陆续就座，主席台宣布运动会继续进行，我们这才意犹未尽地停止了攀谈。

下午的通讯稿，她俨然把我当成了自己人，稿件写好便递过来，说让我看看，连谢谢也省了。我乐得给她效劳，挖空了肚里的才华给她一一修饰润色，听长相平平但音调极其出色的女播音员一一播出。

她往后转身的频率高度增加，她的笑容愈来愈灿烂。我知道许多人在以复杂的心理揣度我们，其中包括班长，他多次凑过来和方莹说话，方莹虽然也是热情应对，但是从一个细节可以看出，我已经迅速超越他成为高三（1）班方莹最好的朋友。这个细节是这样的：团支部书记递来两个口香糖犒劳我们，她接过来，正要转给我一个，这时班长不失时机凑过来了，她便给了班长一个，把另一个折成两半，她一半，我一半。孰远孰近？就此微小的细节后来我征询了许多人的看法，大家无一例外地给予了相同的看法："当然是和分吃口香糖的人近呗，傻瓜！"

这是后话，其实我当时就感受到这个细微举动蕴含的特别意义。投桃报李，我以我从高一就练习庞中华字帖三年不缀的功力，在白纸上写下了如下遒劲有力的钢笔字递给她："同是天涯沦落人，相逢何必曾相识——与方莹同学共勉。""沦落"二字有点

凄惨，远没到这一步，但后句“相逢何必曾相识”，貌似废话却十分贴切。我把能记起的所有描写友情的唐诗宋词筛选一遍，还是觉得这一句传神。

不一会儿，方莹照猫画虎，也写了句诗和我共勉，她写的是“海内存知己，天涯若比邻”。从立意上看，少了我那句的伤感，更为大气从容。

2

运动会后的那个周末，她没回家。在校园里恰巧碰见，我约她，她爽快应允。我请她在市中心的酒楼里吃川菜，然后去打台球。她对台球一无所知，第一次打，把球击得乱跑。打台球时我们见到了班上的同学，她很大方地和他们打招呼。之后我们去河边散步，说了很多话，很晚才回到学校。

她成了我女朋友的传闻不胫而走，想必是台球厅遇到的同学散播的消息。有狐朋狗友问我，我断然否认。他们便在最后一排大声喊“江言”，注意到她回过头来看，大家便笑我：“别装了。”

对于大家开我们的玩笑，她并不在意。慢慢地她开始朝我的座位上跑，有时过来向我讨教语文问题，有时中午饭后过来给我座位上放个橘子、苹果之类。她如此我也不避嫌，看她同桌不在的时候公然坐在她旁边和她说笑，面对班长嫉妒的眼神也心安理得。再以后我们公然一起出入，俨然成了一对早恋中的男女。

但说早恋有点名不副实。我和她连手都没拉过，别说吻她了。有狐朋狗友出谋划策说电影院和公园是最浪漫的两大地方。我曾谋划和她看过两次电影，第一次是《唐伯虎点秋香》，她看得咯

咯直笑，没有那种发展的气氛，我手心冒汗，一直正襟危坐。第二次看的是《青蛇》，我预谋良久准备握她的手，不料听得爆喝一声，一束手电强光直射我的前排，抱在一起亲热的两个男女在影院安检人员和我等观众的面前暴露无遗。随着他俩被清除出场，我想在影院的幽暗下握她手的计划彻底流产。公园是备用作案场地，但就在我周密计划的时候，传来了晚间公园里有歹徒专抢恋人致死的消息，警方建议市民避免晚上逗留公园及河畔，并欢迎知情人提供破案线索。我的第二套方案随之夭折，我虽然和她去过公园几次，每次都在夜色来临之前早早收兵，打道回府。

日子平淡流逝。那年冬天的时候，虽然外面飘起了雪花，但流感还在肆虐，她不幸中招。晚自习中间的时候，她感冒加重，引发了头痛，疼痛难忍趴在桌子上。我过去问明缘由给她买药，她交代说她只用某个牌子的去痛药，对别的药过敏。雪夜来临，药铺早早关门，药店老板早就围着炉火享受天伦之乐，我敲开几家药铺，头痛药倒不少，但没有她要的这牌子。最后在城北一家正要打烊的药铺找到了。我风尘仆仆地赶回，衣服上头上的落雪还未抖落干净，便着急地给她倒水吃药。对我来说是举手之劳，但我能看得出她很是感动。

晚自习上到一半的时候，突然停电了，许多同学理所当然地出去玩了，教室里剩下不多几人在秉烛夜战。方莹回头看了看我，举着蜡烛到我旁边一起温习功课。烛光下她的脸庞被映得格外动人，我痴痴地看着她。她装着不知低头在纸上抄写着，握笔的手腕显得格外白皙纤弱，我不由心生爱怜伸手握住，她笑着挣脱。隔一会儿她侧头看我正襟危坐，却拿笔在我手背上画来画去，受此鼓舞我再度握她的手，这次她没挣开，直到有人回过头来。

自习结束，在送她回女生宿舍的楼道拐角处我吻了她，时间连五秒都不到。她有些惊慌失措，随时都有人来，她断然想不到我竟敢在此向她偷袭。鉴于我也担心被人看见，便顺水推舟依了她的反抗。她从我怀抱挣脱，像受惊的小鹿一样飞快地上楼。

这是我和她的第一次亲密接触。五秒钟太短，其他感觉实在谈不上，唯一记得她的嘴唇湿润而温暖。

事实上在此方面我缺乏经验，有限的知识来源于影视。唯一的实践是在高二年级时，高年级的一位女生不吝赐教。她是我下午逃课时在县城文化宫里的台球厅认识的，此前她常和一帮男生在此玩台球，但有一次她一个人来了，我当时正和台主在激烈厮杀，她径直走过来换下台主和我对练。她是我遇到的台球技艺最高的女孩，水平不在我之下。打了两把她的一帮哥们儿姐们儿来了，她把球杆还给台主和他们疯去了。

我没想到第三天她会来班上找我玩。事实上我早就知道她，她是高年级的学姐，整日和高三那帮小混混搅在一起，属于坏女孩之类，学习成绩自然差得要命。她虽然不是我喜欢的类型，但我对她并无反感，相反对她主动来找我还有种自豪感。她长得不赖，气质特别，脸盘和下巴有着英武男生才有的淡淡轮廓，按理是不协调的，不料在她身上反倒成了一种特殊之美。尤其披着男生的黑色呢子大衣时，显得格外英姿飒爽。

她第一次带我去她家玩的时候，我和她接吻了。她是熟练的，看到我笨拙的样子她咯咯直笑。再后来去了她家三次，都是下午趁她父母上班时我俩逃课去的，大部分时间里我们吻在一起。然而她只愿意把我调教至此，不愿让我登堂入室，每次到我血脉贲

张的时候她跳下床去放磁带听歌。她的理由很冠冕堂皇:“你还小，我不能害你。”我说我都成年了，她很得意地笑着，左一下右一下随着节奏舞动身体。

我和学姐的交往到此为止。第二周的时候有两个小混混把我堵在台球厅里，其中一个警告我不许和她来往，理由是我撬他的马子。被人威胁我心里窝火，这以后她再没来找我，我也没去找过她。第二年开学时听说她靠家里的关系以单位委培的形式去市里上了一所技工学校。

第二天一大早我早早来到教室，不料方莹比我还早，我从她座位旁走过时，她递给我一张字条。我猜想是不是昨晚惹她生气了她要兴师问罪，打开后发现我多心了。字条上写着:“你加油啊，咱们报考同一所大学！”

这字句让我很温暖，却也给了我不小的压力。她说“咱们报考同一所大学吧”，可是，她和我的平时成绩，按最近的一次来说，她位列25名，我21名。她英语不错，其他各项均等。我除语文始终遥遥领先外，其他各科平淡无奇。我不知她了解不了解这里每年只能考上十个左右大学生的惯例，反正我俩距离大学之门遥不可及。

但是，她是认真的。她常常熬夜，10点晚自习后再挑灯夜读两小时，我只能作陪。武侠小说看累了看看功课也可调剂，我发现功课竟然有这功能后不由哑然失笑。但她相反，她制定了详细的复习计划，晚间熬夜时我们坐在一起，按照她的计划，她让我看物理就看物理，读英语就读英语，温习数学就温习数学，总之，她说怎样就怎样，我全依着她。

这样的攻读竟然取得了成效，难怪“头悬梁、锥刺股”广受赞誉，看来有付出必有收获。寒假前的期末考试，她竟然前进了7名，排第18，我只前进了两名，但破天荒进了前20名，排在第19位。虽然只前进了两名，但却是质的改变，因为谁都知道进了前20名，意味着会被老师重点照顾。这是传说中校长在毕业班工作会议上定下的培养方针，校长说我们要全面撒网、重点培养。要领在后半句，校长提出了重点培养前20名的计划，提出要下功夫在这前20名里实现高考上线人数飞跃的宏伟蓝图。

3

如果事情一直按照既定目标直线发展该有多好。但一般的情形下，凡事总是出乎人们的意料，所谓的情理之中、意料之外。

第二学期一开学，我见着方莹的时候就感觉气氛不对，她很冷淡地和我点点头。课间我去她座位上和她说笑，她也只是冷冷地敷衍。晚自习后的自由补习时间，她不主动来我座位上了。我坐过去，她依旧是冷淡的表情，不再主动和我说话，我问一句，她答一句，闹得人索然无味，我也懒得再过去。周五晚自习时，不想她走了过来，把一张字条放在我桌上。我打开看，她约我第二天早上 10 点公园门口见。

她第一次主动约我。我早早来到公园门口，恭候她的大驾。她如约而至。公园位于绕城而流的河的岸边。说是公园，连围墙也没有，门也只是个砖块砌成的拱形样子，上书“公园”二字。有的不过是些大小不一的树，几张木椅，供儿童游玩的跳跳床、滑梯，还有晨练的器械。

我们穿过公园从河堤下去，沿着长着干草的冻土路走向河的腹地。如果是夏季，汛期到来，河水暴涨，便会溢到河堤的半腰上，

暗黄色的河水夹杂着树枝、叶片和垃圾袋从上游汹涌而来，不见一丝温柔。但此刻，河是宁静的，只剩下河谷里的一脉细流。她不言语，像是思忖什么，我默默地紧随她后，干草在脚下窸窣作响。3月乍暖还寒，风从河面刮来，袭在人脸上冷冷冰冰。

“给你讲个故事吧。”她终于打破了沉默。

这个开场白使我颇感意外，我洗耳恭听。她讲的是一个少女的故事。女孩到外地求学，父母将一腔心血都寄托在她身上，但她不争气，没能抵挡诱惑，和一个男生谈朋友。结果被父母知道了，非常生气，母亲决定请长假来学校旁边租房照顾她。母亲为了她放弃工作，放着家里人不管专为她洗衣做饭，这让女孩心里不好受。更让人难受的是女孩成绩一般，很可能考不上大学，这样女孩将愧对父母的一片苦心……

我听出来她在讲自己。原来寒假在家温习功课时，她弟弟翻出了她书中夹的那张字条——校运动会上我与她共勉的“同是天涯沦落人，相逢何必曾相识”。弟弟拿着字条去父母处请功，父母结合方莹近期的表现对这张字条高度重视。方莹不得已，说出了我。父母语重心长地指出方莹的不是，母亲最后竟决定来县城陪读。这个决定让方莹万分内疚，她便迁怒于我。

原来如此！但对方莹我不知怎么安慰才好。方莹一直想知道我的态度，但我一直没有表态。我们在河边站立良久，最后她说：“我们不要来往了吧！”

我缺乏安慰别人的天分，半天没能言语，良久才憋出一句：“其实我们只不过是朋友，并没有什么啊！”这话一出口我就后悔了，原意是想说交往这事并不影响学习，不料从嘴里迸出来却

是这样的一句。这言不由衷的一句有诸多歧义，方莹显然领会了最坏的含义，这使得形势急转而下。方莹说：“好啊，咱们以后不要来往了！”说完撇下我转身离去。

“哎，我不是这意思！”我叫她，我这解释更加笨拙无力，她不予理会，给了我一个坚定的背影。我对她拂袖而去的行为有点恼怒，在河里扔了会儿石子玩，倍感无聊，最后慢慢折回。

第三天时我决定不和她计较。课间时分，恰逢英语小测验的试卷发下来了，我的分数还行，想到英语是她的强项，我便去她的座位上表示关心和祝福以示和解。不料她竟然得了个低分，见我来便一股脑儿将怨气发在我身上。“走开，别烦我！”没想到她迸出了这么一句，让我当众颜面尽失。我几时受过这等羞辱！我一言不发回到座位上，发誓再不和她说一句话。晚自习时方莹想必意识到下午她的态度有问题，拿着新到的放假前我俩合订的《英语报》到我座位上说：“你看不看？”我头也不抬地说：“不看！”

这一下再无回旋余地，好比两国谈判，已至剑拔弩张之地步，彼此都觉己方仁至义尽，却备受伤害，只剩下拂袖离场。

事实如此，到后来高考结束，我彻底离开这座小城时，我都没和她说过一句话。她也一样，别说说话了，连正眼都不曾瞧过我一眼。没了我的束缚，她又和班长打得火热，她频繁向班长请教问题，频率之高让我一度怀疑她在作秀。班长显然很乐意配合，他转身过来常常笑得比花还灿烂。我心里自然不舒服，恰有不识相的邻座说他俩如何如何，我怒从心起，一把将其从座位上揪出，三两下放倒在地，然后摔门而出。

4

高考前的日子总体来说平淡而无趣，但也不乏意外惊喜。4月份的时候，学姐突然出现了。她这次着黑色皮草短裙、长筒靴，一身性感的女人装束，笑盈盈地站在教室门口，我面红耳赤地走了出去。

在她家里，时隔大半年后我又和她吻在一起。和她不过是旧梦重圆，不需要前奏，一切都很自然。不同的是这次她决定让我登堂入室。在她的默许下我主动进攻，但始终不得要领，最后在她的熟练引导下才攻入城池，一泄如注。

虽非女生，我奇怪第一次也感到下身有些疼痛。她笑而不答，光着身子跑进卫生间洗浴。好奇心驱使，我翻看了她插着钥匙的抽屉，里面杂乱无章，黑色的胸罩，张学友的磁带，半盒避孕套，×× 的诗集，还有几页手抄本的《少女之心》。物品之间缺乏关联，毫无逻辑可言。

她从浴室出来，双手一字型撑开浴巾，问我好看吗？像燃气热水器瞬间加热，我顿时热血沸腾，哪里顾得上回答问题，瞬间我俩又缠在一起。梅开二度，我不再有疼痛感，逐渐步入美妙的佳境。

两周时间里我去了她家五次，看过一次电影。每次，接吻和

做爱是必修课，每一次都有新的发现和提高。对她的现状我也有了大致的了解。她在邻市上技校，开学不到三个月便导致两个男生为她打架，甚至动了刀子，很是麻烦，加上她本来就无心学习，索性办了休学。

她不太爱说话，但对我很坦诚，最后一次，也是唯一一次，缠绵过后，她和我躺在床上说话。她说追她的男生很多，我说我知道。她说那些男生很麻烦，动不动就动刀动棍，她其实不喜欢。我笑笑。

她侧过身来说她是坏女孩，其实不应该带坏我的。我说没有啊，我本来就不是好学生。她说我是她交往过的成绩最好的学生，尤其作文写得好。我惊讶地看着她，她说其实早在高一时她就在领奖台上注意到我了。我说我也早注意到她了。

她高兴地躺下，一会儿又侧身爬起，支起身子问我她美不美。“美啊。”我说。“喜欢我不？”她问。“当然喜欢。”我说。“我也喜欢你。”她最后说道，“你身上的书生气很特别……”

我想她用词不当，应该是书卷气。但我没能来得及给她纠正，第三天她死了，距离我高考不到两个月时间。傍晚时分她独自穿越铁道，被一辆飞驰的列车碾过，当场香消玉殒，场面据说惨不忍睹。

她的死亡充满神秘感，她断然不是自杀，有目击证人说当时有列火车远远驶来，她欲赶在火车前穿过铁道到对面，突然在铁道上摔倒了。警方推测她过铁道时高跟鞋没踩实，摔倒在铁轨上，可能伤着了头，没能及时爬出，以至于发生意外……

她当然不是自杀，我相信这是意外。但她为什么在傍晚独自

到铁道对面去？铁道对面是戒备森严的部队营区，旁边是小树林、荒地，我后来去过那里，发现风景并无独特之处。

后来流传最久的说法是，她原本越过铁道去小树林和人约会，但约会的人是谁，始终不得而知。

我一直对清纯的女孩子有着特殊的痴迷。而学姐是成熟而风情的，她像美女蛇充满诱惑，却始终不能在我心里占据主要位置，当然我也只是她众多异性朋友中的一个。但是对她的死我还是很伤感。方莹朗诵的《永远的蝴蝶》，我只是被她用普通话朗诵的优雅情调所迷惑，至于文中的内容，我觉得那只是杜撰的遥远的故事，不承想成了无比真实的现实。像每一个遭遇重大变故的人一样，我同样感到生命的脆弱以及它的难以把握！

这民风淳朴的小县城，如同死水一年四季难起波澜，列车撞死人这样的大事自然被传得满城风雨。死者生前找过我，我自然成了全校关注的焦点，就连好友也跑来问我是不是那个约会的人，我百口莫辩，无比尴尬。走在校园，总感到有无数眼睛在背后窥探，浑身不自在。

所幸，这不自在很快过去了。高考填完志愿，我飞快逃离这座小城回家，和我老家的一个哥们儿去他山中的舅舅家。在他舅舅的带领下，三天时间里，我们打了十只山鸡，八只野兔。有一次，还遇见只大灰狼，对峙了几分钟，狼掉头走了。

我们回家后的第十天，实在没有想到的是——录取通知书寄到了。我当时正在楼下街边台球厅里和一高手激战，听闻这消息，我以为邻居家小孩和我开玩笑，说道：“去去去，叔正忙着呢，别添乱。”直到看到大红的通知书，我才知道幸福有时候也喜欢从天而降！

5

科大是省城的重点大学之一，进了 211 工程那是后话，单其前身就很辉煌。基于此，虽是科大第一年试招的专科生，我也倍感自豪。

但说实话，科大的校门很破，我随火车站的接送车来到校门口，科大给我留下了这不太好的第一印象。此外科大的建筑也乏善可陈，由于年代久远的关系，教学楼略显破旧，没有现代化大楼的气势。但校园面积很大，我绕校园围墙一周，竟然耗时30分钟。

新生楼也很陈旧，是三层楼的苏式建筑，我住顶层最北头，房号很好记，345，是打麻将的一组牌，哈哈。宿舍住七个人，有八张床，一张作为大家的行李床用。宿舍的分配没有特殊讲究，是报名顺序相邻的七个人安排在一间房里。我抢先进去占了靠窗的上铺，居高临下可以观赏窗外的风景。

我们班在西大楼最南头的阶梯教室，房间号是 119，很好记，是火警的号码。班上有 107 人，加上班主任，恰恰一百零八将，被我们戏称为水泊梁山。所不同的是班上女生不是三个而有三十之多，所以无法一一对号入座。班长高大魁梧，绰号晁天王；学

习委员玉树临风，人称入云龙公孙胜……我入学成绩拙劣，要排座次想必已在七八十位以后的地煞星之列了。

新环境里总是充满新奇，同学之间彬彬有礼，相互帮助蔚然成风，所以不觉得孤单和不适应。每天早晨起床吃完早餐去教室，上完两节大课到中午时分，休息两个小时再去上下午课，到5点左右可以去操场上活动，排球、乒乓球、羽毛球、篮球、足球应有尽有。晚饭后可以去晚自习也可以待在宿舍看书，总之，相比高中生活，是自由而美好的。

我尽情享受这美好时光，但因为说普通话的缘故，不幸也有遇到伤感的时刻。

班上同学来自天南地北，初来乍到，普通话尚不习惯，一时间各地方言混杂，颇为有趣。所幸大家都在努力练习普通话，很快方言基本上消失殆尽。我也说上了普通话，尽管说得甚为蹩脚。除了来自大城市的同学外，班上大部分同学的普通话都不标准。这让我突然想起方莹，她虽处小县城偏远一隅，但普通话讲得极为标准，丝毫不比这大都市的学生逊色。

这瞬间的怀念让我很伤感，我躺在床上，满脑子都是方莹的模样。她朗诵那篇《永远的蝴蝶》的样子，她优美的普通话语调萦绕于耳。但这美好回忆没有持续多久，我一想起她当众呵斥我“走开，别烦我”，就不由得怒从心起。再想到和学姐厮混的光景，转而变成对方莹的歉意。唉，学姐的事满城风雨，方莹不会不知道，不知她怎么看我，我想方莹是不会原谅我了。也不知方莹考上大学没有，我和高中同学断了来往，对其他同学的事一无所知，想打听都不知从何打听起。

6

开学三个月的时候，班上同学群落间的微妙自动划分基本完成，当然，这样的群体关联比较复杂，呈现多元化的趋势。正所谓人以类聚，物以群分，不可否认同学之间已经有了或多或少的远近亲疏关系。比如每个宿舍是一个小群体，比如来自同一个地域的老乡群体，比如同样来自大城市的同学之间更能有共同语言，再比如家庭背景相近更能博得彼此的好感。

正因为如此，我和杜老板必将成为朋友。他也来自小县城，喜欢逃课，打台球，下象棋。我俩臭味相投，除了脾气暴躁长相迥异外他和我的爱好惊人地相似。

三个月半的时候，我旧病复发，遇到管理不严上课不点名的老师便偶尔开始逃课。

所学专业是计算机，除了上机实践课可玩游戏外，我对课程实在无一点兴趣。下午时分，我正躺在床上看《傲慢与偏见》，有人敲门。大家都去上课了，整个楼层除我外再无他人，我想是有人来推销，那也太不会选时间了。我打开门，杜老板站在我面前。

“我只是看看有谁在。”

“哦。”我觉得他很面熟，“请进吧。”

我们互报家门，原来是一个班的同学，都三个多月了，却只是见着面熟，互相叫不上名来。他提议一个人太无聊了，不如下下棋。

“围棋如何？”他说。

“一般，太费脑子。”

“那象棋呢？”

“可以。”

他回宿舍取来一副精致的中国象棋，我们展开厮杀。有趣的是我们棋艺相当，胜负竟拉不开差距，直到宿舍人下课回来，围成一圈看，最后还是以我多胜一盘结束。

可能是久不逢对手，他的兴致很高，硬请我去下馆子，点的是清蒸鲈鱼、白灼基围虾，付账时他打开胀鼓鼓的钱包抽出一张，服务员只找回几张零票。一顿饭的花费相当于我月生活费的三分之一。

“有钱人啊！”我说。

“家里给的，我只不过有支配权而已。”他淡淡地回答。

作为回报我请他去玩台球，在街头打美式九球不过瘾，我们又去一家台球俱乐部打英式斯诺克，没想到他打得极好，第一局我胜他三分，接下来他大比分连胜三局，我心悦诚服。

他的学名叫杜斌，杜老板是他后来在校园摆摊贩卖旧书、磁带之类而得的雅号。他学号105号，我95号。单从这依入学成

绩顺序而排的号码看，他也不是好学生，我俩可谓是半斤八两。当然我还略胜他一筹，高出十个名次。

杜老板家在郊县，距离省城很近，不到一小时的车程，有公交车直达。周末时候杜老板邀请我去他家玩，我欣然应允。我俩下了车，杜老板东拐西拐把我带到一个菜市场，原来他母亲是菜农，在这里卖菜。看来天底下的菜市场毫无二致，乱哄哄的拥挤不堪，青菜、萝卜、菜花等各种菜的味儿混杂在一起和我老家小县城的菜市场一模一样。在拐角处杜老板找到了他家的摊位，换下他妈卷起袖子上阵，招呼顾客、挑菜、称菜、找钱，业务极其熟练，简直一气呵成。

杜老板示意我试试，我摆手谢绝。

“哈哈，”杜老板说，“其实你应该体验一下人生疾苦。”虽然卖菜只是杜老板的即兴表演，但离开菜市场去他家的路上，他给我侃侃而谈，说菜农其实是社会最底层人群的缩影，虽然卑微辛苦，但收入比较可观。杜老板问我家的收入，我报了下父母的工资，他笑了笑，说他家一个月卖菜的收入，比我家两个月的还要多。面对我的惊讶，杜老板得意地笑了，他说：“这还是平时，遇到雨雪天气，一斤菠菜卖好几块的时候，那钱来得真是快。”

一斤菠菜平时卖多少钱我没有概念，但顺着杜老板的语气我不由得表现出了惊讶：“是吗？”

“收入还在其次，”杜老板继续说，“卖菜其实还可以感受人生哲理。”

“人生哲理？”

“人最大的负累在于抛不下面子，只要你抛却面子，一切将

迎刃而解。”他说。

我没想到外表粗鲁的杜老板竟然说出这等深刻的话来，不由得对他刮目相看。

杜老板的家在县城的城乡接合处，几乎家家都是两层楼的小院。大概是他爸有辆油罐车跑运输有些钱的缘故，杜老板家尤为气派，盖到了四层。进家门歇息片刻，杜老板便四处找寻他的一帮狐朋狗友。我们结伴去县城文化宫里打台球，玩电游，晚饭杜老板请吃火锅。回家后一帮人在他家玩，有的下象棋，有的玩纸牌。我和杜老板及另外两人玩麻将，直到天快亮时，大伙呵欠连天这才倒头睡去。

但满脑子都是麻将牌，老是处在半梦半醒状态，实在无法彻底入睡。这种体验想必有过夜战经历的人士都会有。我起身到窗前，拉开窗帘，看了看拂晓前的晨光，乳白色的天幕正在渐渐打开。再躺下了无睡意，脑海中的麻将牌了无踪影，杜老板那句关于卖菜的哲言响彻耳边：

“人最大的负累在于抛不下面子，只要你抛却面子，一切将迎刃而解。”

好像很有道理。人往往是这样，总是从别人不经意的话语中得到感慨，更要命的是，很多人还喜欢对号入座。现在，我正从对此话的认同转变到走火入魔般的对号入座。

“一只南美洲亚马孙河流域热带雨林中的蝴蝶，偶尔扇动几下翅膀，可能两周后在美国德克萨斯州引起一场龙卷风。”——这是关于蝴蝶效应的描述，我一直对此深信不疑。类似的是，杜老板的一句无心话语，现在正引发我内心的轩然大波。

我蓦地想起了方莹，并陷入深深的自我解剖情绪之中。

方莹当众对我说“走开，别烦我”，令我觉得颜面失尽，所以当她来我座位上表示和解时我断然拒绝。现在看来是我的“面子”在作怪，我觉得面子受了伤，倘若我体谅一下方莹当时的心境和感受，抛却面子，不和她计较的话，一切是不是另当别论？

……

下午返回学校，在公交车上，注目一对对学生模样卿卿我我的情侣，我突然坚定了寻找方莹的念头。这之前借口和高中同学断了来往，其实不过是种说辞罢了，要想寻找旧友，其实很简单，我只要明天在学校上课时间朝昔日的中学办公室打个电话（这电话当地的 114 上肯定有登记），问问考上大学同学的去向，一切不就迎刃而解了吗？

是的，只要我放下面子，愿意打个电话，连五分钟都用不到，一切就会迎刃而解。方莹就算去了天涯海角，只要愿意，我都能找到！

7

一只红色的气球挂在我床头，像旷野里突然冒出的一只小动物，蓦地增添了无限生机。有舍友说昨天下午有个女孩找我。

“谁呀？”我问。

“长得挺漂亮的。”他们回答，“给你留了张字条在床上。”

我爬上床，找了个遍，别说字条了，连个纸片都不见。

“没有啊。”我说。

“会不会掉床底下了？”有人急我所急，热情地回应。

我下床垫张报纸半跪着俯下身子找。床底下卧虎藏龙，药瓶子、铅笔头、烟蒂、旧报纸、旧袜子、脏裤头，应有尽有，不用想就知道是谁值日偷懒的杰作，将垃圾顺手扫入了床下。

但还是不见他们说的字条的身影。

“没有啊。”我说。

“没有？不会吧，你再找找。”

“会不会跑到这边床底下来呢？”对面铺上有人忍不住乐得

笑出声来。

“靠，玩我！”我此时才恍然大悟。

“哈哈。”大家捧腹大笑。

“谁拿着呢，给我吧！”

“哈哈，没那么容易。要是一般女孩我们就给你了，但这女孩，长得这么漂亮，就这样给你岂不太便宜了。”

……

最后，我以请宿舍全体人员撮一顿的条件拿到字条。我小心翼翼地打开，虽然已在意料之中，但我还是不能相信我的眼睛。

字条上赫然写着“工大7-122，方莹”。的的确确是方莹的笔迹，娟秀的字迹，特别之处在于“方”字那“横”总是拉得很长。原来方莹考到工大了，住7号楼122房。原计划明天打电话到母校打听，不料方莹提前找来了。

整个下午我都沉浸在喜悦之中不能自拔。上课时老是分神，老师讲什么自然是一句也没听进去。我老想起方莹浅浅的笑容。她的长相不赖，笑容尤其出众，抿嘴浅笑，嘴角微微一弯，笑意便溢出来，真是美极了。“像一朵水莲花不胜凉风的娇羞”，哈哈，我竟然联想到了徐志摩的诗。真是奇怪，方莹和我冷战的时候，我对她的言行举止视而不见，一度将她从脑海里驱逐出去了，可现在她刚留下一张字条给我示好，我就迫不及待地想起她的好来。

下午最后一节课刚下，老师还没出门，我就从后门溜出去了，急得杜老板在背后喊：“江言，打台球去！”我头也不回地说：“有事！”便急急地穿过教学楼狭长的走廊，走了。

工大在城市的东头，我们科大在南头，刚好有6路公交车直达，科大是起点，工大是终点，方便极了。这在课间我已经打听清楚了。

车上人不多，我选第三排靠窗座位坐下，得以领略城市的风景。高楼林林立立，道路上车水马龙，街上行人熙熙攘攘，和我的家乡小城的确大有不同。

一路上乘客上上下下，慢慢车厢趋于饱和，座位早就没了，车厢里人挤人。这和我来时乘坐的火车一样，车厢里人满为患，挪个脚都很困难。不过我一路坐到终点，途中虽有老人上车，但没轮到我，靠边几个座位早就让座了，让我感慨社会道德风尚之好。

终点到了。我跳下车，穿过马路对面就是工大，高大雄伟的校门较我们科大气派。我目不斜视地跟在别人后面走进校门，没遇到门卫盘问，这一点早有室友交代清楚了，进校门不要东张西望，更不要主动问门卫，否则会让你出示证件登记，无比麻烦。

校园里其实和科大相差无几，宽阔的大道，三五而过的学生。我很容易找到7号楼的所在，7号楼是个矮矮的三层女生楼，不让男生进入。和科大一样，大学校园都有这奇怪的规定，男生不能进女生楼，女生可进男生楼，呵呵。

我截住一位回宿舍的女生："同学，麻烦叫一下122的方莹，谢谢。""好的。"女生说。大学里同学之间乐于助人的风气我很是欣赏。上次我陪一位室友去女生楼找人，同样找一位欲进宿舍的女生帮忙叫，那女生就住一楼门口宿舍，二话没说上了三楼最东头帮我们把人找了出来。

果然，只一会儿，帮我叫人的女生出来了："她们宿舍没人，门锁着呢。"

“谢谢！”我说。

宿舍没人在，可能她们还在上课，我当然要等下去。马上晚饭时间了，吃饭时间方莹该回来了吧？我站在宿舍楼前等待，留心每一个进 7 号楼的身影，生怕错过了方莹。百无聊赖中看见了方莹的名字，在楼前的板报栏里。是一则系里和后勤联合署名的奖励通报，在系里的个人卫生评选中方莹被评上了先进。通报上方莹名字后的括号里注明了7-122，这使我确定这是我认识的女孩方莹而非同名同姓的他人。个人卫生评选，好搞笑的评奖名称，不过好歹也是评奖，方莹是十来个获奖人中的一员。当然，这不足为奇，方莹出生在三万人的国营大厂里，生活习惯自然优良，连普通话都那么标准，小县城的女孩鲜有比得过的，就是和大都市的女孩比也不逊色，得奖是意料之中的。我把奖励通报看了又看，最后开始琢磨这评奖名称应该换个叫法，叫“个人形象”评选？不妥，叫“礼仪形象”评选？也不妥，那么叫“个人整洁”评选？好像还是不贴切。难怪他们叫“个人卫生”评选，看来是没办法准确表达呀，哈哈。

晚饭时间到了，三五成群的女生拿着碗或饭盒从宿舍楼里出来，奔食堂而去，也有三三两两的女生端着饭回宿舍来，但始终不见方莹的影子。我让一个提着热水壶的女生帮忙叫下 122 的方莹。这次时间稍长，出来了一个扎着麻花辫子的高个子的俊俏女生，她在门口喊：“谁找方莹？”我说：“我。”女生看了我一眼说：“她还没回来。”我问她什么时候回来，女生说不知道，可能找老乡去了，你等等吧。说完她走了，背着包像是上自习去了。她走路微微有点跛，不注意看不出来，但我观察到了。

“找老乡去了？”我心想，她会去找谁呢，莫非是找“班长”去了？我突然迸出了这个念头。班长难道也考到这个城市了吗？虽然只是种设想，还是让我内心起了波澜。想到高考前夕，班长和方莹打得火热，为此我还生气和同学反目了。他们现在难道还在来往？

我被这不快的情绪影响，心情略有失落，但我还是决定等方莹回来。当然我这次不再傻等，我在校园里转了一大圈，把校园报栏里的报纸看了个遍，《南方周末》《参考消息》《中国青年报》《经济日报》《计算机报》甚至本地的党报……管它什么类型合不合口味一概细细看完，就连遗失声明都不放过。终于把时间磨蹭得差不多了，这期间我又麻烦了两个人去122找方莹，可是她们出来回话说方莹还是没回来。

我看了看表，时间指向晚间10点40分。再过20分钟，方莹再不回来我就要回去了，6路车末班车11点10分，再晚就赶不上车了。

10点55分时，我遗憾地从7号楼离开，拐上校园大道，快快不快地朝大门口走去。迎面是归来的人流，我埋头直走，几次险些撞到别人。

“江言！”我听到有人叫我，侧身回头看去，是方莹。她从我身边过时认出了我。“你怎么来了？”她走过来笑盈盈地看着我。

“来看你啊！”我笑着用蹩脚的普通话说。从前都是用方言，但上科大后方言已经被迫退役了。

“什么时候来的？”她好像没注意到我言语类型的转变，欣喜于我的造访，像我看到她给我留的字条般那样喜悦。

“5 点来的。”我说。

“不好意思，”她说，“上自习去了。要考试了嘛，吃饭也没回来。”她扬了扬手中提的烤红薯。原来她去门口买吃的去了，这才会碰到我。

“身体要紧，不吃饭伤身体呢。”我说。

“没事，带零食呢。”她说。

没想到第一次是这样的相见，但我要赶末班车。她送我到站台，我们说了会儿话，当然都是些透露着喜悦的含蓄话语。看来，在异地的相见是令我们彼此欢欣的。此前，我们形同水火，高考前的很长一段时间她对我不理不睬。但现在，我们都忘了从前，仿佛又回到最初的和睦。

但是，我提议星期天来看她时，没想她会拒绝：“下个星期天好吧？”她说，“下周三要考试，我要复习功课。”她笑盈盈地，模样很可爱。

十分钟后，6 路车缓缓开动，我从车窗向她招手，她微笑着向我摆手回应。

8

“她摆手的样子优雅极了，”杜老板说，“还有她普通话非常标准，微笑的样子很迷人。”我兑现承诺请室友及杜老板在校外小饭馆吃饭时，杜老板如是夸方莹。他没见过方莹，是从我的讲述中得到线索，加以描绘放大。

“是吗，这么优秀的女孩要见一见的。”没见过方莹的室友说。“是不错。”见过的说，“容貌上中，但气质上上上。”

“过奖，过奖！”我端起酒杯，“喝酒喝酒！”

应大家的要求，我给大家讲了我和方莹的故事，当然隐去了和学姐的那一段。听得大家感慨频发。当然大家最关心现在的进展，我说昨天见她了，我俩和好如初，她请我吃饭，我请她看电影，饭后还拉手在校外马路上遛了一大圈。这周她要备考，我们约好下周日一块出去玩哩。

“江言，你小子艳福不浅，有合适的给兄弟们介绍介绍。”有人嚷嚷道。

“没问题！”我说，“包在我身上了！”

接下来的日子我依旧逃课，和杜老板打台球、下象棋，把无聊当有趣。方莹要应付考试，我可无此担忧。大学的课程相比高三来说简直是小儿科，没有高考的压力，只要60分及格就行，有高年级的师哥对我们如此教导，深合我意。

这样的时间过得也快，转眼到了和方莹约定的周日时光。

早晨9点，我就到了工大方莹楼下，这次方莹在，没让我失望。

她这次换了装扮，穿一件米黄色长袖毛衣，衣服很长，遮及大腿部，她这样的装扮我没见过，但说实话效果不错，她个子不低，如此打扮使身材更显苗条。

我盯着她看，她的脸色微微一红。“好看吗？”她说。

“当然。”我回答道。

我和她并肩在校园里散步。虽然上次我已经走过一圈，但身边有人相伴，感受自然不同。秋日暖阳从树的枝丫间洒落下来，有斑驳的光影。我俩你一句我一句地说着话。她说她在工大的生活，我说科大的趣事。终于说到以前，我感慨我们竟然考上了大学！她说我们班上今年考上16个人呢。我说原来我们就是这多出的六个人中的吧？方莹反驳说：“不见得，说不定是十个人中间的呢。”我说有可能。方莹自豪地说：“当然啦，你第九名。”“你呢？”我问。“第八名。”她说。“这么巧啊，名次都在一块儿！”我说。方莹笑而不语。

我问她高考前为何不理我，她竟然说：“没有啊，是你不理我的。”这个回答出乎我的意料，我实在猜不透她心中的想法。我还想问她她和班长的事，但想想觉得不妥，话到嘴边收了回去。但她却含蓄地问我了。当说到她怎么知道我在科大，她说，你在

咱学校名气大了，谁不知道呢。这话我更不理解了，我成绩不好，整日逃课，除了语文老师和班主任，其他科的老师连我名字都叫不上来，考上大学实在是运气好，何来名气之说。我表示反对，但方莹对我的反对置之不理。

我们绕着校园走了一大圈，方莹是个非常合格的导游，把工大介绍得淋漓尽致。不知不觉到饭点了，方莹要请我去外面吃，我说："让女孩子请算什么事，该我请。"方莹说那谁也不请，在我们食堂吃，我说好啊。我和杜老板在科大食堂吃饭，常见学生情侣一块吃饭卿卿我我的浪漫场面，只是一直无缘亲身体会。方莹如此提议甚合我意。

方莹回房间拿饭盒。我边在宿舍门口等，边浏览墙上贴的花花绿绿的海报。忽然听见有人让帮忙叫一下 122 的方莹，我侧身过去，竟然看见了一个高中时的熟人。

他乡遇见旧交按理说是很温暖的一件事，不幸的是这个人是——班长，高三时和方莹打成一片的班长。

"刘班长！"我叫道。

"江言，你怎么在这儿？"班长很惊讶。

我说我找人。

"哦。"班长说，"听说你考上科大了？"

我说："运气好，瞎混的。"

"你考哪儿了？"我问他。

"银行学校。"他说，"考得不好。"

我说："好学校啊，以后能进银行系统工作，多少人羡慕呢！"

“哈哈。”班长说，“没想到见到你了。”

我说：“世界真小啊！”

“你是不是也找方莹？”班长突然有所顿悟。

“彼此彼此。”我笑道，努力用笑声缓解这尴尬的场面。

班长的突然出现让我和方莹共进午餐的浪漫想法付之东流。方莹从宿舍端着碗出来看见班长，有点惊讶。她又进去找了一个饭盒来，我们三人才得以在学生食堂顺利就餐。此时断无浪漫可言了。我和班长各怀心事，我们走在方莹前头，端着饭盒自己打菜，方莹在后面统一给刷卡。我在想班长怎么会来找方莹，看来他们还有联系！这个想法令我不爽。不过接下来的细节令我的不快烟消云散了。这个细节和当年方莹分给我们口香糖一样有异曲同工之妙。我和班长先端着饭面对面找位置坐下，方莹过来了，径直走到我身边坐下，虽然班长身边也有空位，而且离得更近。孰近孰远，小小的差别班长当然能看得出来。我心情大好，胃口大开。

但班长不甘示弱，在言谈中伺机对我反击。他成功地把话题引到高三的生活中，回忆过去大家自然情绪高涨。突然提到了学姐，那个在铁轨上香消玉殒的学姐。他是这样说的：“江言，我们一直有个疑问，那天她是不是和你去约会了？”我猝不及防，没想到他会问出这样的问题来！

我看了一眼方莹，她也看我，但表情没什么异样，似乎很平静。

“不是！”我定了定神说，“怎么可能！”

“真的不是你？”班长的神态充满质疑。

“绝对不是，天地良心！”我说，“我和她只是以前认识而已。”

“听说你和她谈朋友着呢！”方莹突然插话道。她笑吟吟的，似乎是无心之问，紧接着说，“要不要给你们再添点菜？”

“不用了。”我和班长都如此说。我看了班长一眼，他心虚地躲避着我的目光。

我说：“我和她高二时打台球认识的，一起打过几次台球，是一般朋友，她男朋友好几个呢！”我平静地撒了谎，这个回答很得体，很轻描淡写地撇清了以前和学姐的关系。

班长的搅局让场面很别扭，吃完饭，又在校园闲逛了一会儿，我说我五六点还有同学聚会，先走了。方莹说那你们一块儿走吧，刚好晚上我们宿舍同学要一块儿出去。

方莹给了她们宿舍楼传达室的电话，说有事可以打电话。我也留给她我们宿舍楼的电话。她送我们到校门口公交车站，我和他们挥手告别，坐上6路车先走了。

两军交战眼看胜利在望，却被斜刺里杀出的一彪人马冲乱了阵脚。班长的突然出现使我和方莹的故事充满了悬念，我原以为是破镜重圆，不料并非这般简单。

班长和方莹高考前就有来往，那般热情地帮她辅导，现在都在一个城市上学。看情况他们早有来往，否则班长也不会直接找到方莹楼下。

但是，想到方莹和我坐到一起我又释然了，可能方莹还是对我感到亲近些。毕竟高三的很长一段时间我们相处还是很融洽的。

可是，班长毕竟是我的劲敌。这家伙妄图揭我的老底，摆出我和学姐的事情，离间我和方莹。不过我和学姐的事恐怕无人知

晓，他们最多看见我们一块儿打打台球而已。方莹虽然亲眼看见学姐来班上找我，她也只能想到我们玩台球去了。我对学姐虽无情感上的纠葛，但和她有过分的举动这一点令我愧对方莹。但转念一想，这都发生在和方莹断绝来往之后，那时想着和方莹再无机会了，并非是脚踩两只船的背信之举，并不能怪我。我观察方莹的举动，并不是特别在意，这倒是令我很欣慰。

但我后悔我先走了。万一班长赖着不走和方莹待在一起，他们会干什么呢，看电影？散步……

杜老板找我玩台球时，我突然想通了："爱干吗干吗去，男子汉大丈夫拿得起放得下！"

9

事情往往这样——越在意越事与愿违，不经意时却有意外收获。

连续两周我没有刻意联络方莹，一方面是由于心里对班长找方莹一事还心存芥蒂，另一方面是方莹宿舍的电话实在难打，好不容易打通了方莹却不在，传达室阿姨说宿舍门锁着呢！所以两周时间我都没和方莹联系。

但第三周晚上 9 点时，方莹把电话打过来了。当时我们正在宿舍玩牌，一个陌生男生出现在门口说："江言电话！"我飞速奔到一楼传达室，所幸电话没被挂掉。

"喂，哪位？"我说。

"我，方莹。"

"我知道。"我说。

"你们的电话真难打！"她说。

"你们的电话一样不好打。"我说，"好不容易打通了你不在。"我如此说的目的是表明我其实找过她。

“我可能上自习去了。”她紧接着说，“明天有空吗？”

“有空。”我说。

“陪我去刘杰那儿吧。”刘杰是班长的大名。

“好啊。”我说。

“那好，10点咱在银行学校门口见。”说完她挂断了电话。我刚放下电话，旁边早就对我虎视眈眈许久的学友冲上来，一把把电话抢在手里。

一切是我多心了，方莹对班长并无其他意思。因为高中同学之故，碍于班长的再三邀请，她去班长的学校玩，但她带上了我，意思再也明白不过了。班长满心欢喜地期待方莹的到来，不料多了我这个“灯泡”，失望之情可想而知。但都是成人了，他不便显露，还是热情地接待了我们。但我理解他的不爽，这和工大遇见他我的心情郁闷如出一辙。

如此一来，游玩其实也没多大意思。我心情大好，班长强装欢颜。方莹对我的态度想必他看出来了，所以他见风使舵态度转变了。他恭维说：“其实你俩挺般配的。”方莹红着脸不说话，我却龙颜大悦，提出晚饭我请他们下馆子。

吃完饭我们和班长告别，班长送我们到公交站牌，班长从未有过的显示出了恭顺之态，让我倍感亲切，对他平添了许多好感。我说：“现在轮到我了，下周都去我们学校玩吧？”方莹没有异议，班长更是完全赞同。

我提出送方莹回学校，方莹说不用了，有班长在场我没再坚持。目送她上了公交车，顺便又和班长叙了叙旧，这才满心欢喜

地坐车返回。

星期天上午，方莹如约而至，班长来得更早。我特意找了杜老板作陪，这样在校园里闲逛时不显得尴尬。班长和杜老板聊得火热，大有惺惺相惜相见恨晚之感，这给我和方莹提供了发挥的空间。

我们远远走在后面，大学的林荫道是浪漫的通道，两旁是叫不上名字的各种树木，既有春天的苍翠，也有秋天的金黄。我们现在可以在校园里随意地散步，呼吸这自由的空气，不似高三时一块儿进出校园还要瞻前顾后。

我们肩并肩走着，身体有意无意做些许的碰触，手也常似有似无地接触。说什么话其实已不重要，此刻需要的是合适的机缘打破这微妙的平衡。我终于握住了她的手，但她羞涩地挣脱，我欲再握时，她却躲避着走开，快步向前走出七八步，回过头来笑盈盈地看着我。

“真想不到咱都能考上大学！”她说。

“是啊，没想到还考到同一个城市。”我说，“看来是有缘分！”

她微笑不答。

在杜老板的安排下，一天的日程有条不紊。中午饭在学校的调剂食堂吃的。名为调剂食堂，是区别于学生食堂，可以点菜的，饭菜自然较学生食堂一锅烩出来的可口。下午杜老板安排在操场上打了会儿乒乓球，接着去校外台球厅玩台球。杜老板和班长对战，我和方莹玩。方莹有我高三时给打下的基础，在我的有意承让下玩得也很开心。杜老板和班长旗鼓相当，谁也不服谁，打了一盘又一盘。到最后我和方莹喝着冰峰（本地有名的一种饮料）

坐在椅子上看他们打。

晚饭杜老板请吃好的。他和班长拼完台球拼酒量，最后都喝得东倒西歪。他俩互相拉扯着摇摇晃晃地回了杜老板的宿舍。

我送方莹到6路车站。我意犹未尽，加之时间尚早，坚持要送她回去，她默许了。

6路车从起点开往终点。始发站人不多，我俩并排坐在一起。车行到中途时她给一孕妇让座，起身站在我身边。我要让座给她，她摆手示意不用。不一会儿车子急拐弯，车里乘客集体向右前方倾倒，她自投罗网倒在我怀里，我顺势屁股向后移腾出空儿来，拉她坐下。

车里一片抱怨声，但我相反。此刻，我双手环绕在她腰际，她小声地和我说着话，因身体的微动，发丝屡屡拂过我的面庞，我闻到了清新的女孩发丝的味道。

下车时我是牵着她的手的，她没有挣开。进校门时我们松手了，走过门卫我们复又牵手，在我离开前再没分开。

班长在杜老板宿舍睡到第二天清早才走，走时来和我告别，顺手在我床头拿了那本《唐宋诗词精选》。这是我的挚爱。高一时我获得了市级作文比赛一等奖，奖品中有这本《唐宋诗词精选》，我爱不释手，常常翻开诵读。但班长非要强行借走。我抢了他喜欢的方莹，他便夺了我的所爱。可怜我的这本奖品，自借给了班长，他又借给别人，别人再借给别人，如此恶性循环，等我想要回时已无从寻起了。

10

我和方莹终于再续前缘。我把详细过程给杜老板加以描述，杜老板比我还着急。

“接吻了没？”杜老板迫切想知道进展。

“没有，只是拉拉手而已。”我说。

“咳！”杜老板说，“进展太慢！哥把你的情敌都灌醉了！”“情敌”是指班长，原来杜老板是刻意和班长拼酒的，目的是给我扫清障碍，留单独相处的空间。

“不急，不急，饭要一口口吃。”我说。

“照你这速度啥时才能上床啊！”杜老板一脸坏笑。

我说：“我和你不同，享受的是过程。”

这话的确是我真实所想，我在意的是这种过程。和方莹牵手之后，我最大的变化就是内心感到充实。用“充实”这个词或许并不那么贴切。怎么说呢，此前内心多是某种难以表述的寻觅或期待的念头，这种念头会使人心中产生或多或少的惶恐感。但现在，这种惶恐没有了，取而代之的是一片宁静。这种宁静很好形

容，比如登至山顶，清风拂面，暖阳照在身上，俯瞰群山尽在脚下。此时内心什么也不会想，心底一片澄清……可能没表述清，反正就是这般宁静的感觉！

再见面时我把这讲给方莹听，方莹说：“呵呵，你说得好奇怪啊，不过似乎也有道理。”她停了停说：“山我倒经常登，但从来没有你这样的感觉，我一到山顶就想起陈子昂的‘前不见古人，后不见来者’。”

“念天地之悠悠，独怆然而涕下。”我接着念下去，说这诗写得真是好。

她笑着说：“可能你文章写得好，内心比我们细腻，所以才能捕捉到一些细微的东西。”“不过，”她说，“人的心境受时间、地点的变化而变化，你能保证对我的感觉不变吗？”

“能，当然能，我肯定不会变。”我信誓旦旦地说道。

“那好啊。”她看着我。她的表情很复杂，像是快乐地言语，却又夹杂些许的担忧。果不其然，突然她问我：“我要不主动找你，你是不是就不会找我了吧？”

“不是，你找我的前一天，我还和杜老板说起你，准备打电话到咱母校找你呢！”我急了，大有立马拉她动身之势，“不信，你可以去问杜老板！”

“逗你呢！”看我急切的样子她笑了，“我信还不行吗！”

“我信还不行吗！”她说最后这句时带着一副撒娇的模样，我觉得可爱极了。

我们形成了不成文的默契，每周日见面。这周我去方莹处，下周方莹去我那儿。这样其实挺好，不能每天见面，反倒多了对

见面的期待。

现在想起来我们做的最多的就是散步，校园几乎被我们走了个遍，绕着校园也走了好几圈。接下来是周边的公园之类，边散步边说话，那些话如果可以装起来的话，我估计几大筐都不够，但具体谈些什么，现在不能一一检索了。除了偶尔陪我打打台球之外，她不喜欢像别的恋人那样待在录像厅看录像，后来我们能做的就是一块儿去上自习。不管是在她们学校还是在我们学校。她认真地温习功课，我捧着图书馆借来的文学名著走马观花地阅读，有时突然灵感来临写些东西投给校文学社。

这样，假期很快来临了，我们坐同一列车回家，她先行下车，我再坐一小时才到家。相隔较远，只能通通电话。她很乖，我每一次打电话过去她竟然都在，她父母不在身旁我们能聊一个小时的长途，以至于假期里我家电话费用暴涨，家人起初怀疑线路出了问题，还打电话到电信局查询。

开学时，我没有等方莹，因为我要提前一周到校参加补考。不好意思，第一学期就有一门课挂了。不过还有比我惨的，杜老板挂了两门。

大家都心照不宣，这时候出现在宿舍楼的，几乎全是补考部落的。别看平时不用功，这时大伙儿都是玩命的刻苦。我和杜老板还有我同宿舍的一个哥们儿除了出去吃饭，整日不出大门一步。12 点熄灯了还挑烛夜战，刻苦攻读。

补考期间我们认识了杜老板同乡的一个师哥，外号帅猴，长得消瘦，人还算英俊。他高我们两级，也来参加补考。杜老板私下说别看此人虽然成绩极烂，外表一般，却是阅人无数。才大二

就和三个女的发生了关系，有一个还是有夫之妇。

补考完的那天晚上，我们在校外夜市吃烤肉喝啤酒，说到男女之事，他来了兴致，滔滔不绝地给我们讲解。他说男女之事不外乎是“性”，他说只有得到一个女人的身体才算得到这个女人。他惊讶于我和方莹交往时间加起来快一年了仅仅是拉拉手。

他问我：“你呀，是周口店来的吧？”

“什么？”我不解。

“哈哈！”杜老板大笑，“真笨，说你是原始社会来的呢！”

“哈哈。”我也憨厚地笑。

“等会儿带你们去见识见识。”帅猴神秘地说。

“别把我们江言带坏了，”杜老板说，“人家还是处男呢。”

“去去去，”我说，“说不定谁带坏谁呢！”

晚间，帅猴带我们去郊区一家偏僻的文化宫看通宵录像，的确让我大开眼界。凌晨时分，开始放成人片，看得我目瞪口呆，心惊肉跳。

我对帅猴的理论不屑一顾。看成人片时，我脑海里会突然回味起和学姐的温存，身体也会有反应，但离开录像厅这些念头早消失得无影无踪。

当初和学姐混在一起，满脑子是她的身体，是汹涌的欲望，但面对方莹时，脑海里没有一丝不洁的想法。和她牵手我觉得已经很美好，她很自然地将她温暖的小手交付于我。我喜欢这种感觉，并不急于求成。

11

但不久我就吻了她。

新学期开始不久，我加入了校文学社。由于我的一篇散文发表在学校校报副刊上，另有两篇被学校宣传部的广播站选播，得以在文学社崭露头角。参加文学社的迎新大会，社长在会上表扬了我。周末在一间公用的阶梯教室一块儿自习时，我得意地告诉方莹，但她并没有表现出替我高兴的意思。

“业余时间写写文章是好事，但是不能把学业荒废了。”她说。原来她不知从哪儿知道了我补考的事，大为感慨，说第一学期就补考啊，太那个了。她本来想说“太丢人了”，但及时收回了，怕伤我的自尊。

“大学不像高考，及格就行。”我说。

“那也不能补考吧，”她说，“拿不到毕业证怎么办？”

“不至于吧！”我说。

“不行，你要答应我，好好学习。”她伸出手指，“拉钩不许变。”她这个举动好可爱，我顺从了她。

“乖孩子！”她打趣地说。

“说谁呢！”我亦笑道。钩着的手指并不松开。

她用劲挣扎，但徒劳无功。“放手！”她小声说，眼神刚好和我相遇，瞬间脸红了。她的皮肤很白，泛上来的红晕很明显，白里透红的煞是好看，我不由看得心动。

“放开我！”她说，“别人看着呢。”

我松了手指，但附加了额外动作，身体陡然萌生了胆量，我快速揽她入怀，开始吻她。

她双手使劲推我，哪里推得开，使劲反抗又怕惊动了前排的学弟学妹。结果是，她闭紧嘴唇，任我亲昵了约有两分钟。

是晚饭时分，阶梯教室里只有前排零星坐有几人，我俩单独坐在最后一排。后门虚掩着，唯独担心别人从后面进来，所以我很快放了她。

她绯红着脸起身去楼道洗手间整理仪容，从后门走经过我座位背后，她用粉拳狠狠地砸了我背部一下，砸得真狠，“呀！”疼得我一声大叫。

男女间的亲昵，有第一次就有第二次。晚间在学校的花园树下，我再次吻了她。她不再反抗，闭着眼睛任我吻个够。她温顺地松开唇齿，迎接着我热烈的探索，并最终用舌尖报以笨拙的回应。

“吻了。”我说。

闻听此讯，杜老板比我还激动。“太好了！”他说，“这只是第一步，要迅速拿下！”

“拿下”的意思我懂。杜老板说得较为含蓄，若拿帅猴的话

说就是“上床”。

虽然同居上床是有违校规的不良举动，但有许多同学以身试法，尤其是高年级的学长。学校的花园草坪上、小树林里、假山上都成了恋人幽会的温床。据说清洁工常常在此清扫出卫生纸、安全套，但这是未经证实的传闻。不过，校外城中村里恋人们租房同居却是不争的事实。帅猴和他的女朋友就在此租房，过上了同居生活。我和杜老板应邀去他那儿玩，他女朋友亲自下厨做饭招待我们。

“上床了没？”帅猴当众对我大喊，“要是没地方你带到我这儿来，套子都不用你准备！”

他一点也不忌讳，弄得我十分尴尬。

“对我们江言要含蓄点，人家还是处男呢！”杜老板无事找抽也来恶心我。

我敢说男生宿舍谈论最多的就是“性”。大概受帅猴的影响，杜老板一来我们宿舍，话题必然会转到男女关系上。在此方面大家兴致很高，并且很有创造性，有些说法我简直闻所未闻。比如，杜老板说怎样从走路姿势判断女生是否为处女。

“怎么样判断？”我们眼巴巴地瞅着杜老板。

“走路大腿间缝隙大的一定不是处女！”杜老板得意地说道。

“为什么？”我们不解。

“真笨，这都不知道！”杜老板不屑地说，“经常做爱，两腿自然并不拢了嘛。”

“是不是？”我们将信将疑。接下来我们按此理论对号入座

展开热烈讨论，得出了班上至少三分之一女生不是处女的结论。

“那男生怎么判断？”我的下铺问道。

“更简单，”杜老板说，“你们只需要回答我的问题就行。”

杜老板的问题非常简单，他问：“你是不是处男？”我们好奇地回答了杜老板的提问，他们的回答都是清一色的“不是”，唯有我最后一个回答了“是”。

“哈哈，”杜老板说，“你们中间只有江言一个不是处男，其他的都是。”

“为什么？”我们更为不解。

“哈哈，很简单，这是哈佛大学很有名的心理测试。”杜老板说，“哪个男生愿意承认自己是处男？说自己是处男的一定不是处男，说不是处男的一定是处男！”

“那你呢？”有人问杜老板，“你是不是处男？”

杜老板不直接回答：“你看呢？”

我则关心这问题是不是哈佛大学的测试题。杜老板说：“不是哈佛就是牛津，反正是名校流传出来的。”说得信誓旦旦。

“江言，你什么时候失身的？”不一会儿，大家将话题转移到我的身上。

“哪有。”我说。

“江言不老实，大家一块儿上。”杜老板说。

“招不招？”我被他们扭着双臂压在床上。

“没有！”我像地下工作者面对敌人的严刑拷打坚决不投降。

我守口如瓶坚决不招，但这不妨碍大家做进一步的深入交流。

看样子杜老板像是过来人，在此方面他俨然以专家自居。

“其实那事挺无聊的，之前觉得新奇，之后倍感空虚，甚至作呕。”

“真的？”

“不骗你们。”

“每个男人都有两个女人。”

“一个年长，一个年轻。”

“此话怎讲？”

……

我一觉醒来，睡眼蒙眬中听见有人把收音机音量放得极低在听本地台的生理热线节目。

12

我和方莹之间越来越亲密，几乎每周都相见。春起到夏末，我们去爬山，郊游。

我们相处甚欢，玩得不亦乐乎。杜老板说他是过来人，也有传说中的女朋友，但我从来没见过。周末我们成双成对的时候他形单影只很无聊，于是后来我们就带上他。

他带我们去了k河垂钓，那是我和方莹从没去过的地方，离方莹的学校工大很近。从工大向东步行三站的距离，便到了k河之畔。

我没有想到在大都市的近郊也有这样一处萋萋绿洲！放眼望去是宽阔的水面，对岸是农田和村庄。水中央有好几处小岛般的凸出之地，上面是茂盛的绿树。没有船，我们到不了中央，只好在岸边寻找好的落脚处。岸边是密密麻麻的水草，一不小心踩下去脚就陷进泥里。杜老板和我小心翼翼地试探，找到一处相对结实的高地，我们从远处搬来三块大石头垫上旧报纸权当凳子，甩开鱼钩垂钓。

很美好的午间。蝉在耳边高声鸣叫，不知名的水鸟扑棱着冲向水面旋即离开，如此周而复始乐此不疲。夏季的风和阳光温柔地在我们周身徘徊。我和杜老板安静地等待鱼儿上钩，方莹也没闲着，她采集岸边的花枝编成花冠给我们遮阳。

杜老板是钓鱼好手，约莫一小时工夫，他钓下了八条个头不大的鲤鱼，够我们享用了。我和方莹轮番上阵，但是一条也没钓上来。要么提杆太早，要么鱼饵早被吃完了。

我和方莹在岸上拾来干柴，杜老板用随身携带的瑞士军刀剖开鱼肚清理内脏，用河水清洗干净，切成段撒上盐末、调料，这些杜老板早有准备。唯一差的是莲叶，这难不倒他，他带我去不远处的一处荷池折来七八片完整的莲叶，把鱼包起来，用青草工整地扎起，再用树枝刨出浅坑，把荷叶鱼包放在底下，上面堆上干柴，点火！

干柴燃烧，产生的温度用来烧烤其下的鱼包。火焰熄灭后，杜老板把这尚有明火的炭灰拢在一起，覆盖在鱼包上让其焖熟。

方莹则打开准备好的一方碎花被单，铺在地上，中间铺上报纸，摆上叉子，用荷叶底部做成碟子，盛上商店买来的几种熟食，就等开饭了。

十分钟后，杜老板用树枝拨开熄灭的灰烬，鱼包最外层的荷叶早被烧焦了，但最里层的鱼肉鲜嫩无比，鱼香扑鼻而来。

“真香！”方莹赞叹道。

“这火不行，要是放在农村的灶火里温熟，那味道更好了。”杜老板谦虚地说道。

但是，我已经觉得这是天底下最好吃的美食了，许多年后我

常常会回忆起这唇齿之香。杜老板后来也给我如法炮制过，但我还是觉得不如这次那般美味！

我们将这荷包鱼吃得一干二净，均觉意犹未尽！

晚间回到学校，杜老板神秘兮兮地要我陪他去办件事。

我陪他去菜市场，他买了四条小鲫鱼、些许葱段，来到21号女生楼。杜老板让进门的女生帮忙叫一下215的高阳。

不一会儿一个面容清秀的女孩站在门口。杜老板迎了上去。

“是你啊！”女孩说。

“上次不是说从我们老家河边捉几条鱼来，这不，我和我朋友刚弄回来。”

“就是，就是。”我是何等眼明之人，立刻接话道，“杜斌亲自下河捉的，坐车刚赶回来。”

“谢谢！”女孩莞尔一笑，“那上去坐坐吧。”

“好啊。”杜老板迫不及待地回答。

“上去坐坐？”我想，“女生楼男生也可以上吗？”

看来我的确孤陋寡闻，女孩走到传达室门口说：“阿姨，买两包方便面。”趁传达室阿姨转身取方便面的时候，我紧随杜老板之后猫着腰快速通过，避开了传达室阿姨的视线，从一层最里面的楼梯上了二楼。

高阳宿舍还有一个戴眼镜的女孩在。杜老板亲自用高阳的电热杯给大家炖葱花鲫鱼汤，味道不错，大家喝得很起劲。但是不幸的是我看出了不利于杜老板的端倪。我和那眼镜女孩聊得火热，很是投机。但高阳和杜老板却很少说话，鲜有话题。基本上是杜

老板一问，高阳一答，仅有的几次主动搭话，还是接了我和眼镜女孩的话题。

看来高阳邀杜老板上来只是随口的无心之邀，有的只是对他迢迢之路送鱼的感激之情，对他本人恐怕没什么意思。意识到这，我立马话语少了许多。杜老板恐怕也意识到了，也不太言语了。

高阳将话题引到我和眼镜姑娘这儿："江言，有女朋友没，把我们莎莎介绍给你吧。"

"呵呵！"我笑笑，"你们文科班的才女哪能看得上我呢！"我笑着避实就虚。不知道杜老板哪根筋不对了，他接过话来："我们江言有女朋友了，漂亮死了！"

这话言外之意是眼镜女孩不漂亮。眼镜女孩不再言语，显然生气了。场面自此尴尬，彼此无话了，我们坐了会儿起身告辞。到一楼传达室猫着腰再度通过时，却被传达室阿姨发现了。

"站住，你们是哪个班的？我告你们系里去！"她追了出来。

我和杜老板直起身来撒腿就跑，一溜烟跑回宿舍，回顾无人追来，这才相视大笑。

我没料到杜老板还认识高阳这样的漂亮女孩，保密工作做得真是好！

晚上，我和杜老板坐在宿舍楼顶上，一人手持一瓶啤酒，边喝边抽两块五一包的哈德门香烟。

"高阳这女孩不错的。"我说。

"当然不错！"杜老板觅到了知音般和我举瓶相碰，"你可不能笑我！"

“当然不会。”我一本正经地回答。既然杜老板准备敞开心扉了，纵使我不能负担起给别人心灵以解脱的重任，但我必须具备令人欣慰的姿态。

“可能认识她就是一个错误，也可能是我太自卑，我甚至连喜欢她都没给她说过。”杜老板的开篇高屋建瓴，颇具忧伤哲思和深度。但后面的实质性叙述太过平淡，女主角出场，我必须替他用些文学修辞加以描述：

杜老板第一次见高阳是在学校林荫道上，高阳穿件蓝色连衣裙，齐耳短发，迎面走来。阳光从树梢间洒落下来，在她周围洒下斑驳的光影，给她的美增添了更为瑰丽的成分。杜老板忘情地看着她，觉得时光在那一瞬间凝滞。更要命的是高阳走过来时竟然微笑着看了他一眼，这不经意的惊鸿一瞥让杜老板如上云端，心情久久不能平静。整整一周时间里高阳的容颜在杜老板脑海里萦绕不绝，那种美好的感觉就像杜老板初中时偷吸第一支烟后清香绕齿久久……

在激动和惊艳中度过了掺杂着快乐、幻想、自卑、期待等复杂情感的一周后，杜老板终于又在校园里见着了高阳。那天杜老板去图书馆还书，在校园里碰见两个老乡，倍感亲切，互相敬烟点上并在路边热情攀谈。突然杜老板像着魔一般把烟一扔，招呼也不打一声就尾随一女生而去，原来是高阳路过。据杜老板的讲述，他追上高阳并肩而行，开门见山地问高阳：“能认识一下吗？”高阳看了看杜老板：“当然可以。”开始如此简单出乎杜老板所料。关于接下来杜老板和高阳谈话的细节我们不得而知，杜老板的叙述多了炫耀和虚构的成分，我们也没有必要探究。那天的

战果是杜老板和高阳都没进图书馆，杜老板提议两人把手中的书互借。杜老板用他借的《平凡的世界》换了高阳的《百年孤独》。两人在去图书馆的路上聊了不足五分钟，高阳碰到了同学，走了。

杜老板唯一仔细读完的长篇是这本《百年孤独》。《百年孤独》第一句写道："许多年以后，面对行刑队的时候，奥雷良诺·布恩迪亚上校一定会想起父亲带他去看冰块的那个遥远的下午。"受此句式影响，杜老板后来在他的日记中如此写道："许多年后，在钢筋水泥的都市丛林里，我常常会想起和高阳初识的那个阳光灿烂的午后。"遗憾的是杜老板只写了这一句。

此后杜老板去高阳的宿舍还这本《百年孤独》，简单地和高阳及其舍友聊了一会儿，便告辞了。究其原因，对于高阳这般品学兼优的文科生及在场的她的舍友来说，仅仅速读过《百年孤独》的理科生杜老板显然缺乏对等的知识素养，所以他很快就把话题转移到他如何独自一人到秦岭探险，下河沟摸鳖捉鱼之类。杜老板兴致很高，说秦岭脚下的鱼如何生态环保，如何味美鲜嫩，还自告奋勇地说下次捉几条来给大家熬汤喝。

我这才明白原来喝鱼汤还有如此复杂的背景！可能杜老板觉察到大家其实对喝鱼汤并无多少热情，所以并没有深入到秦岭脚下，而是在学校一墙之隔的西边的菜市场购得数条，并且拉我同去。

关于高阳的回忆的亮点基本上局限于此。对于杜老板这样的菜农家庭出身的孩子来说，家境虽然还行，但置身繁华的大都市，心中会弥漫着或多或少的自卑情绪。他又保持着农家子弟的淳朴与尊严，不习惯死缠硬打，惧怕失败的痛苦，所以他宁愿默默忍

受情感的煎熬而不做行动。

从大一开学到现在都快一年了，杜老板只是默默地试探。

“你约过她吗？”

“试探过一次，但她拒绝了。”

“再约呀！”

“我感觉她好像对我没那意思。”

“那有什么，拒绝了再找呗，”我说，“天涯何处无芳草！”

“话是这么说，可是我真的喜欢她啊！”

“那你可以向她坦白啊！”

“万一她直接拒绝了呢？”

“这……”

“我还是喜欢现在这样，起码还有幻想。”杜老板说。

13

暑假里我读了《安娜·卡列尼娜》，托翁说：“幸福的家庭都是相似的，不幸的家庭各有各的不幸。”我深有同感，这话放在男女情感上同样贴切。我照猫画虎在日记上写下了“幸福的情感都是相似的，不幸的情感各有各的不同。”以此来分析杜老板的爱情观竟然大有收获。

高三那段日子里，我对待方莹出自“由她去吧”的率性，并非我对她没有感情，只是处理问题的方式不同而已。杜老板害怕得到高阳明确的拒绝，竟然不敢向她表白，人的禀性各异，处事方法的确不同。

此外，按照杜老板的描述，高阳并非一开始就对杜老板没有好感，否则二人不至于交换图书，并有联络。有可能是交往中产生了某些失望。杜老板大大咧咧，言语不忌，很容易伤人的，那天他一句话不慎得罪了高阳宿舍那叫莎莎的女孩就是例子。这么说来高阳和杜老板的事还有转机。

开学前我和杜老板因为补考又提前相逢了，我把我这发现告

诉了他，杜老板听后大喜。“这么说她一开始是喜欢我的，”杜老板说，“只不过后来我有些事没做好？”

“基本如此。”我说，“比如我和方莹，我们原本很要好的，中间突然产生了莫名其妙的矛盾，差一点就错过了。”

“嗯。”杜老板似懂非懂地点头。

“重要的是相处。”我说。

开学时我把我的分析讲给方莹听。方莹说有点同情杜老板了，我们决定帮帮他，找时间陪杜老板约高阳出来，毕竟人多的时候气氛会好些。

周六晚上，我、方莹随杜老板来找高阳。这次不用麻烦别人，方莹亲自上楼去找高阳。一会儿，两人一块儿从十楼下来了。

“高姑娘好！”我说，“杜斌想见你却不好意思。”我把杜老板向前推。

“你好！”高阳大方地和杜老板打招呼，看了看方莹和我。“你女朋友吧，真的挺漂亮的，”她说。“彼此，彼此，”我说，“你也挺漂亮啊，我们杜斌的眼光不错啊！”杜老板对高阳有想法所以心情紧张，但我无所顾忌。高阳笑笑，对着方莹说：“你家江言真会说话。”方莹说：“他呀，高兴了对人还可以，不高兴了活活把人气死。”“有吗？”我问。大家笑。

我们一块儿在校园里散步，高阳和方莹走在一块，两人边走边说着话。我和杜老板紧随其后。路过大礼堂时，我去买了四张电影票。

“《罗马假日》，好片子！”我扬着票说我请大家看电影。

方莹说好啊，高阳默许了。

影片很感人，我和方莹手牵手坐着，身临其境。高阳挨着方莹坐，旁边是杜老板。不知何故，电影中间的时候，高阳突然起身和我换座位。

我满头雾水地猫着腰坐到杜老板身边小声问他怎么了，他不说话。

电影散场后按照计划让杜老板和高阳一块走走，没想到高阳说累了要回去。她给我和方莹说了声再见扭头就走，看都不看杜老板一眼。

“怎么了？”我问方莹。

“你问他。”方莹说。

“杜老板，到底怎么回事？”我问。

“没啥，没啥。”杜老板说。

“看电影他不停地拉人家手来着！”方莹忍不住了。

“哈哈！”我乐得笑出声来。

“出息了啊，”我说，“你不是连约人家都不敢吗，怎么敢动起手来了？”

“咳咳，”杜老板说，“都是他妈的帅猴教的，他说先下手为强。”

“这是在电影院里，要是你俩独处说不定你会霸王硬上弓呢！”我说。

“帅猴还真这样教我了。”杜老板一脸无辜地说。

“你……”我和方莹面面相觑。

14

方莹生日的时候我用省下的钱给她买了一部随身听。

大二时要考英语听力，基本人人都要买。我给自己也买了一部，但我是用来听歌的。那时候港台音乐大为流行，校外最火的就是磁带店，常常人满为患。同宿舍有个来自始皇古都咸阳的小个子舍友，因他喜欢哼哼张学友的《吻别》，正走着路突然会来一句“我和你吻别……”久而久之大家便叫他“吻别”。他对港台音乐简直是如数家珍。他给我推荐了几首歌：罗大佑的《恋曲1990》、凤飞飞的《追梦人》、张学友的《吻别》、姜育恒的《再回首》、张国荣的《风继续吹》、陈慧娴的《千千阙歌》。

这些歌其实并不陌生，几乎在高中就有传唱，歌词差不多耳熟能详，唯有这《千千阙歌》，因是粤语演唱，调子熟悉，词是一点都不知，这次终于有机会看到了歌词。

“一瞬间太多东西要讲可惜即将在各一方 / 只好深深把这刻尽凝望 / 来日纵是千千阙歌　飘于远方我路上 / 来日纵是千千晚星　亮过今晚月亮 / 都比不起这宵美丽　亦绝不可使我更欣赏……

/ 当某天雨点轻敲你窗 当风声吹乱你构想 / 可否抽空想这张旧模样……

“歌词太好了！”我说。

“那是！”舍友说，“不然为啥叫十大金曲呢！”

“有首歌写得太好了！”我对方莹说。

“什么歌啊？”

“陈慧娴的《千千阙歌》。”我说。

“是吗？”

“来日纵是千千阙歌，飘于远方我路上。来日纵是千千晚星，亮过今晚月亮。”我用蹩脚的国语唱道。

“都比不起这宵美丽亦绝不可使我更欣赏……”她接着我唱，竟然是和磁带一模一样的粤语歌声！

“你会唱啊？”我惊喜地问道。

她看着我继续唱道：“AH……因你今晚共我唱，临行临别，才顿感哀伤的漂亮……”

“唱得真好！”我发自内心地表示欣赏。

她让我刮目相看。不但普通话说得好，连歌也唱得不错。不过更令我吃惊的是她对这歌的来龙去脉一清二楚。

在她的讲解下我才知这首歌是翻唱自日本超级巨星近藤真彦的一首日文歌。梅艳芳翻唱成《夕阳之歌》，获得成功，专辑发行了 20 万，紧接着陈慧娴翻唱成《千千阙歌》，专辑卖出 35 万张。

“你从哪知道的？”我满是羡慕地问道。

“在老家的时候厂里订有介绍音乐的杂志，收音机里经常会

播这些歌呀。”她说。

因她唱的缘故，我深深地喜欢上了这首歌。爱屋及乌我还听了梅艳芳的《夕阳之歌》，歌声有苍凉之美，另是一种风情，我也很喜欢。

我尤其喜欢这句“深深将此刻尽凝望”。歌词原是悲切的，但我把它变成欢快的了。再陪她自习时，我喜欢用这句在纸上给她造句。“因你无限的美丽，我喜欢深深将此刻尽凝望！”“一瞬间太多喜欢上你，愿深深把此刻尽凝望。”……诸如此类。

她把这些都一一收好。“这可是你的罪证啊，以后反悔可来不及了。”因我这白纸黑字的表白，她显然很高兴。

现在想起来这是我说过的最亲近的话语。“我爱你”这三个恋人间泛滥的字眼，我一次都没说过，她当然也没说过。但我们之间似乎无须这样的亲昵言语，我总觉得这三个字过于矫情。还有，“爱”包含着责任和对将来的许诺，我一直这么认为。我和方莹相处融洽，我喜欢和她在一起，散步、自习，点点滴滴我都觉得温暖和舒心。我愿意和她一直这样下去，但对于将来我从没有过概念。

其实将来的话题，方莹此前就问过。

“你毕业后有什么打算？”好像是有一次在6路车上，路过市人才市场，里面在举行招聘活动，数十条参展企业的条幅从楼顶上垂下，甚是热闹。受此影响她突然发问。

“还没想呢，”我说，“反正是不回去了。”

“现在工作不好找哩！”她说。

“没事，车到山前必有路。”我说。

我对将来不感兴趣，所以没有问她。后来才知她想考研究生，大二第一学期她就提前立下了目标。

“好孩子啊，真是上进。”闻听此言，我只是如此调侃道，并无过多表示。每个人的想法不同，在她眼里考研是登上了人生的另一个阶梯，但我却认为那是自讨苦吃，浪费生命。没办法，天生万物迥异，认知自然各不相同。

关于爱，我们文学社里曾有过激烈的讨论，后来还被整理成文章发表在文学社的社刊《野草》上。

甲说爱是男女双方心灵的碰撞，是电光石火刹那间的永恒。

乙说爱是人世间一方小舍，不求奢华与宽大，只求挡风遮雨。

丙说爱是一个人走入视野，从此相濡以沫，不离不弃。

丁说爱是喜欢一个人的优点也包容他（她）的缺点。

我说爱包含着责任和对将来的承诺。

……

“哈哈，”杜老板捧着我们的社刊乐得合不拢嘴，“江言，瞧你们文学社的这些文字，酸掉大牙了！”

“是吗？”我反唇相讥，“让我们杜大才子说说看，大家欢迎！”我鼓掌做欢迎状。

“让我告诉你们什么是爱，”他收敛了笑容一本正经，“这可是哲学家说的。”

哦，连约女生都不敢的杜老板竟然也懂得爱？我洗耳恭听。

“尼采说，爱就是——”杜老板拉长了声音卖关子。

“什么呀，快说。”有人催促道。

“爱，顾名思义就是‘做爱嘛’。”他哈哈地笑出声来。

“去去去！”我们大呼上当，尼采啥时候说了这个。

“真的，不做哪来的爱！”杜老板笑得很是开心。

“不过尼采真说了，爱情就是卖淫！”杜老板说，“不知道吧，你们一个个孤陋寡闻！”

我一直认为这是杜老板的信口开河，直到后来读了尼采的《权力意志》，才知道尼采真说过“爱情乃是卖淫”的言论，只不过杜老板断章取义了。原话是这样的：“爱情乃是卖淫之瘾。它甚至不是一种高贵的快乐，高贵的快乐根本不会引向卖淫。”“爱情可以起于一种慷慨的情感：卖淫之瘾。但它很快就会被占有欲所侵蚀。”

大哲学家的话比较深奥，我似懂非懂，自然搞不清对错。也可能根本就没有对错，谁知道哩。

15

因为唐突的拉手，高阳再也不出来了。从夏天开始，我和方莹张罗着给杜老板介绍女朋友，但见了几个他都不太满意，当然人家也未必满意。他处处拿高阳做比较，这就难办了。方莹身边凡是能拿得出手的女孩都让他见过了，他都没有喜欢的。要么说人家说话声音太大，要么长相不好看，要么没有涵养云云。

于是我们不再管他，不料秋天他的爱情却气势汹汹地来临了。我们在校外台球厅打台球时，台球厅有个身材很好的服务员，慢慢和我们熟悉了，她是临近学校的大二学生，业余时间在此打工呢。她长相一般，和高阳没法比，甚至不如方莹给杜老板介绍的那几位。但他们就是好了，两周以后就如胶似漆地黏在一起。

“怎样？”杜老板问我他的女朋友。

“还不错。”我言不由衷地说。

“你不觉得她身材很好吗？”他说。

“那是。”这点我承认，方莹的胸部很小巧，她的胸部却很丰满，走路一颤一颤的，似乎一不小心会自己跳出来。

“女人嘛，就要胸大臀大。”他说。不过我回想了他喜欢过的高阳，一点都不符合他的这个标准。看来杜老板的审美观发生了巨大的变化。

国庆节时，杜老板积极安排我们去郊县爬山，目的恐怕是给我们展示他这位丰满的女友。我们在长途汽车站会合，坐了一个多小时的汽车，到了山脚下。

山上面有寺庙，庙里有尊佛像，很有名气，来朝拜的人很多。原本是不收费的，后来一看有利可图，当地村子和寺庙合作在山顶修建了几座亭子，修了大门、停车场、招待所，冠以景区的名字，开始收钱了。

当然我们不需要交钱，杜老板一个初中辍学的同学在此做保卫工作。他给打了个招呼，我们便进去了。这还不算什么，他还给我们在招待所安排了两间房子，说我们可以尽情玩。

山不高，但山势漫长，进山前的山谷尤其狭长，两边林木稀稀拉拉，簇拥着青黄不等层次凌乱的杂草。风景平平，但回头眺望，多看几眼，便能看出几分意境来。山脚下是连成片的房舍，间或有汽车从环山公路上驶过。远远看去，人都成了漫画书里的小人儿，缓慢地挪动着。清晨的雾气刚退去不久，这村庄的视觉还有些朦胧。绿的叶、黄的花，还有天空中缓慢翻涌着的低云，像氤氲的淡墨国画。

再向上走，路被完全笼罩在林间了。林木愈来愈茂盛，山势也变陡了，到处可见拖着毛尾巴的小松鼠。“好可爱啊！”方莹和杜老板的女友不约而同地感叹。

“喔……”杜老板放开喉咙大喊，声音在山林间回荡，回音

效果很好。

“江言……”杜老板大喊。“杜斌……”我跟着喊。

方莹和杜老板的女友也加入进来：“江言……杜斌……”

“方莹……赵晓美……”到后来成了胡乱的喊叫，四个人的名字被轮番叫起，交织着在林间回响。

山势陡峭，却是温情的，给了我们很自然的亲近的理由。我拉着方莹，杜老板拉着赵晓美，我们迂回曲折缓缓地向山顶进发。

风景已是其次了，到达山顶一刹那间的喜悦固然华美，但重要的是享受攀登的过程。上山用了足足四个小时，下山用了三个小时，回到山下招待所时已是傍晚。像小学生作文描述的，腿沉重得如灌了铅一般，但我们心情的愉快远远超越了身体的疲惫。

吃过晚饭我们在招待所西边的小河边散步直到暮色来临。风掠过河面朝我们的衣服里钻，凉意开始爬满全身。我脱下外套给方莹披上。

“快看，萤火虫！”她突然喊道。循声望去，我看见河对岸飞舞着成群的萤火虫，一明一灭，像洒落在河边的小星星。好久没有见过萤火虫了，小时候曾经抓住放在瓶子里用来照明的萤火虫，我已经遗忘很久了，上大学后再没见过一次，高中时在县城河边也许见过，但都没在意，现在它又回来了。

“好美哦！”方莹说。想必她也有关于萤火虫的记忆，我看见她的眼睛亮晶晶的，似乎还泛着感动的泪光。

“怎么了？”我关切地问。

“没事，”她笑笑，“有点想家了。小时候我把萤火虫放在

蚊帐中，看着它们一闪一闪地睡觉……”

“我也一样，我们把萤火虫缝在毛豆荚里，做成小灯笼提着到处跑，好玩死了。”

萤火虫不知道它不经意间给了我们太多的感动，令我们想起了已经远去的童年。这一刻，它将我们的成长之途照得明亮、温暖。

怪事，秋天竟然有萤火虫！杜老板发话了。我们沉醉于萤火虫带来的感动，杜老板却独树一帜提出了如此疑问。

“是啊，好像夏天才有萤火虫啊。”我附和杜老板道。

“不对！”杜老板的女友赵晓美接话道，“一般人认为萤火虫是在夏天出现，其实萤火虫最多的季节往往是在晚春、初夏或秋天。”

是吗，我们三人望着她，期待她的进一步讲述。

她微微一笑：“萤火虫会用一个夏天的生命发光发亮，直到找到另一半。随着气候和环境的改变，它们的生命走向尽头。因为寻找爱的力量，让萤火虫熬过气候和环境的不适应，一直走下去，最后变成了秋天的萤火虫。”

“是吗？”杜老板有点吃惊地看着她，大概想不到她会讲出如此高论来。

“嗯。”她继续说，“有人说，只要找到秋天的萤火虫就会愿望成真哦.....”

“这么说，看到秋天的萤火虫是好事啊！”

“那是，尤其是这么多的萤火虫！”我完全相信了赵晓美的讲述，这个貌不惊人的女孩竟然有如此渊博的知识。

“大家赶快许愿，说不定会马上实现呢。”赵晓美说。

我们响应了她的提议。我们望着萤火虫军团，这能与星空媲美的景观，这闪烁在黑夜中的浪漫、温暖的光亮，深深感染了我们。我们静默了约莫一分钟的光景，各自在心里默默许下愿望。

晚上的时候，我和她共处一室，吻是很自然的了。但是仅限于此，我欲做进一步的动作，被她坚决地制止了。

闹腾一番没有结果，我只好躺回我的床上打开电视，频道有限，换来换去也提不起兴趣。

“说说话吧。”她说。

“好嘞！”我说，一个鱼跃过去躺在她身边。

“不许闹！”她说，双手放在胸前防备我再度侵袭。

“说什么呀？”

“嗯，说说你同学吧。”

“我们班有个同学，外号叫‘吻别’，因为他超喜欢张学友这首歌，睡觉、走路时冷不丁会哼上一两句，吓人一大跳。半夜上厕所也会大声哼一句，不知道他这习惯的会被吓得半死……”

她呵呵笑了。受她的鼓励，我继续讲道：“我们的英语老师喜欢班上一女生，班上有位广东仔也喜欢这女生，每天上课老和这女生坐在一起，结果你猜怎么着？”

“英语考试没让他过呗。”她说。“呵呵，聪明！”我说，“班上就他一个没过，连我这成绩都过了，要命的是补考两次都没让他过。”“不会吧？”她说。“真的！”我说，最后还是我给他出主意，让他上课时坐得离这女生远点，不要去骚扰人家，结果

这学期就考过了。

“真的假的？”她将信将疑。“真的。”我说。

“你们班上有没有女生喜欢你？”她突然转移话题问道。

“哪有，”我笑着说，“就算有，我也只喜欢你一个。”

“假话。”她说。

“真的。”我说，“那你呢，有多少人喜欢你？”

“很多。”她笑着说。

“嘿，你还来劲了，老实交代，有几个？”我说。针对她的嚣张，准备诉诸武力。

“投降，投降！”她蜷缩着身子将被子裹紧做以防备。

“老实交代！”我说。

“我们班上都知道你了，谁还敢找我啊！”她笑盈盈地说道。

“这还差不多。”我说。

“讲个笑话吧。”她说。

“江言、方莹、杜老板三个人去智商仪器上测智商，江言120，方莹130，杜老板把头伸进去机器没有反应，良久才缓慢发出声来……”我故意卖关子拉长了语调说道，“‘——请不要把木瓜伸进来！’”

方莹乐得咯咯笑出声来。

“再讲一个。”

“一个商店销售员在某铁路的火车上来回多年，正在抱怨火车常常晚点，忽然那天火车准时到达了，他惊喜万分，立刻走到

车务管理员那里说：‘我要敬你一支雪茄祝贺你，因为我在这条路上来回了15年，这是第一次准时地坐上火车！’车务管理员说：‘请收回雪茄吧，这是昨天的火车！’”

“呵呵。”

“南美的巴西有个女人部落，人称‘女儿国’。这里的女人每年只有几天同外部世界接触的机会。一年后，外部世界的男人们重返‘女儿国’，领走‘女儿国’中的男孩，而把女孩留下。”

“印度一位母亲前些时候生下一个重17.5公斤的男婴……”

我轻轻拨开她裹着的被子，她嘴角挂着甜蜜的笑意，已经进入了宁静的梦乡。

半夜我去楼道里的洗手间，听见杜老板房子里响亮的折腾声。我恶作剧地敲了两下，声音戛然而止。当然这声音没停止多久，一会儿又重新响起。

回到房间，睡意全无，我踱步窗前，拉开窗探出头去，只见皓月当空，雪白明月照在大地，洒下一片宁静。

我回过头来看方莹，她已沉入梦乡，我听得见她轻微的鼻息声。我注视着她，如水月华轻轻洒在她的脸颊上，她的面容犹如婴儿般恬静，嘴角还挂着弯月般的笑意。

我知道我已经深深喜欢上这个女孩子了，我在她身边躺下，已不能自抑。我轻吻她的耳垂、秀发、额头、眼睛、面颊、嘴唇。她被惊醒，开始热烈地回应。我一只手揽她入怀，另一只手向下穿梭，宛如梦境中我带领的一只精锐之师，向神秘的城堡进发，所向披靡，一路只遭遇轻微的抵抗。

我的激情已被点燃，斗志已然昂扬，我的骑兵要冲向城堡的深处，夺取最后的胜利，攻克最后的堡垒……

“不要！”她发出轻微的呓语，我不能动摇，再向前行，却遭遇到她强烈的抵抗。我没想到城堡里还埋伏着如此精锐之师，意志坚强，火力凶猛。“不要！”她用双手紧紧护卫着她最后的领地。

号角已经吹起，战斗已经打响，我不能轻易撤兵。我再次发起猛烈进攻，改变策略，强行向前推进。

“不要！”她增强了抵抗的力量，但无济于事。大军已经兵临城下，城池很快将被攻破！

“不要，我不愿意！”她本能的惊叫挽救了她的城池。声音已被激情燃烧得不成样，但我还是清楚地听见了她的话语。她睁开眼睛看着我，从她清澈的双眸中，我看不出责备也看不出默许，我本能的犹豫之下，进攻稍有迟缓，在这短短的一秒时间，甚至一秒都不到，她立刻调整了部署，甚至反败为胜，将我驱出城门。

我的进攻初步受挫，最重要的是军心已经动摇。人就是这么奇怪的动物，对有的女孩，你或许可以为所欲为，毫不顾忌，但对有的女孩，你却乐意听从她的话语，听从她的调遣，唯恐对她有所不敬。所以我鸣金收兵，败下阵来。

虽然进攻最后的领地未能奏效，但我现在可以在已经征服的领域里自由驰骋。我再次吻她的面颊、双唇以及进行其他的进攻，不再遭遇任何的抵抗，甚至还有热情的款待。彼时军民一家，鱼水情深。我们乐此不疲，直到激情退却，相拥而眠。

16

其实还有一个有趣的舍友，我忘了讲给方莹听。他是土生土长的本地人，家住在贾平凹小说里提到的西安知名的“土门”，说一口地道的陕西方言。其中代表性的是“额的神啊！”以及骂人的话“瓜逼”，受他的影响，我们也学会了这几句，整天挂在嘴上乐此不疲。他说得最传神的是这句：“陕西这地方真邪，说王八就来鳖。”经常我们在背后说起某人，他便将手指竖在口边：“嘘，小声点。”话音刚落，就听见某人的声音在楼道里响起。我们便大笑。某人过来，我们笑得更厉害，他问原因，我们异口同声地用蹩脚的方言一字一顿地说：“陕西这地方真邪，说王八就来鳖！哈哈哈哈……”刚好这位舍友姓郑，久而久之，我们送他外号“郑邪”，他欣然笑纳。

这是我们的恶趣味，原本不值得一道。但真是邪乎，头天晚上刚说到这英语老师喜欢的女生，没想到第二天晚上便看到她了。晚上，我和郑邪去调剂食堂吃饭，看到她和一女生在，刚好只剩下她们这儿有空位，我们便坐了过去。

其实我在班上不太爱和女生说话，好像和她还没说过话，所以有点尴尬。她倒是很大方，给我们彼此介绍。和她在一起的那

披肩长发的女孩叫落英。

“落英缤纷，好名字啊。”我对文字很敏感，仗着有点文学底子，所以不由自主地开始卖弄。

“《书剑恩仇录》里骆冰的‘骆’，轻盈的‘盈’。”她微微一笑。她长相不赖，笑起来的样子很可爱。

“你也喜欢武侠？”郑邪惊讶地问道。

“看过一两本。”她微微笑道。

“喜欢金庸不？”郑邪追问。

“喜欢。”女孩说。

“金庸的小说可用14个字概括，‘飞雪连天射白鹿，笑书神侠倚碧鸳’。”郑邪仿佛找到了知音，开始滔滔不绝地讲述，“飞指《飞狐外传》，雪指《雪山飞狐》，连指《连城诀》……”

我和“英语老师喜欢的女生”寒暄了几句，便彼此无话，气氛稍显尴尬。我只好抬头看餐厅里的电视。电视上本地教育台正直播一场团队智力竞赛。其中有一道排列的题，要求1至9，九个数字排成三行，横、竖、斜角之和均等于15，限时五分钟，五分钟时间电视台正好用来播放广告。两位女生对此显出极大兴趣，尤其是骆盈，用筷子沾水在桌上比画，过了四分钟还没头绪。

“这样如何？”我拿起筷子蘸水在桌上画出一个矩阵来，如下所示：

6 1 8

7 5 3

2 9 4

她看了我一眼，检查一遍，果不其然。

“还有稍难点的，1 至 16，16 个数字排成四行，按横、竖、斜线相加之和等于 33。”我欲言又止。

她和“英语老师喜欢的女生”好奇地看着我：“怎么排啊？”

“竖向按大小顺序排成四列，然后大对角互调，再小对角互调。”

“你懂得挺多啊！”骆盈不无羡慕地说。

“雕虫小技，小时候看《鬼谷算术》，上面有过记载。”我平静地说。

她看我的眼神近乎崇拜。事实上我至今还未见过《鬼谷算术》，关于矩阵的问题还是高中看《射雕英雄传》，拜书中黄蓉姑娘所赐。

17

第二周周末的时候，方莹参加系里的一项竞赛，所在小组要集中训练。我因而得空，晚上和杜老板去玩了一通宵的《命令与征服》。清早回到宿舍倒头便睡，但是由于玩游戏兴奋过度，脑子里全是飞机、坦克和扛炮的防空兵。好不容易睡踏实了，却被人粗鲁地弄醒。

我睁眼一看是刘班长，抢我挚爱——那本《唐宋诗词精选》的刘班长。

“是你啊！”我说。

“还睡，大中午了。起来起来，我给你介绍几个老乡。”这世上有一种人，喜欢夺人所爱强人所难，却丝毫没有内疚感。刘班长就是这类人。他差点夺我方莹，抢我挚爱，还扰我清梦，丝毫不觉得不妥。

不过这次可能是我错怪刘班长了。他来我们学校答谢宾客，想起了我和杜老板，请我们作陪。饭局在南门外的天梦园酒楼，招待的是我们学校四系的学友，高中时和在我们一个学校，只不

过他们在慢班，考是考不上的，因为家里有关系，作为县工商局的委培生来科大上学。他们一方有三人，为首的身材魁梧，看着有些面熟。

他看着我说："我认识你，谭江红的朋友。""谭江红！"我心头一震，他竟然提起了高中的学姐，在铁轨上香消玉殒的学姐。

"哦。"我思忖着不知如何应答，却听他说道："谭江红最早是跟我哥混的。"

"你哥是——"我小心翼翼地问道。"我叫赵小伟，我哥是赵大伟，听说过吗？"他说。

我当然听说过，那个整天打架斗殴，叼根烟整日在班级楼道里带一伙人晃来晃去的家伙，学姐最早是跟他的，我在台球厅见过他们。我虽然对他没有好感，但我不得不承认他哥的确有几分帅气，像极了电影里的古惑仔。

"高三时我们准备动你呢，幸亏被谭江红制止了。"他笑道。

"不会吧！"我吃惊地说道，"我这么老实的人你们都要动，也太那个了吧！"

"谁让谭江红跟你来着。"他又笑。

"呵呵。"我也笑，不再做辩解。

我和他只是偶然相遇，他们只是随口提起旧事，并不是想为难我，当然，为难我我也不怕。

这小插曲过后，赵小伟反客为主，指示另外几个小弟给我们敬酒。酒意升腾上来，我们沉醉在觥筹交错的友好气氛中，我弄

清楚了刘班长感谢赵小伟的原因，原来赵小伟替他摆平了欺负他的一个年级混混。

“赵哥一出面，那几个马上怂了。”刘班长如此恭维道。

“江言，知道不，你们26号楼上个月发生过历史上最大的一次械斗？”

“知道。”杜老板插话道。“40多个人打群架，有帅猴他们班的。”杜老板对我说。

“我带人打过去的，对方完败！”赵小伟自豪地说道。

“是你啊，早认识你就好了，我伙计头被打破了。”杜老板遗憾地说道。

“哈哈，不打不相识嘛。”刘班长说。

“江言，以后用得上兄弟的地方你尽管开口。”赵小伟端起酒杯。

“没问题！”我站起身来，“以后相互照应。”大家纷纷举杯。

这顿饭吃了很长时间。散席时我忍不住问赵小伟：“你知道谭江红去铁道边干什么去了？”

赵小伟惊讶地回答：“不是和你约会去了吗？”

“没有，真没有。”我说。

“那就不知道了。”他说，“有时候不知道比知道好。”

我和学姐、赵小伟断不是同路人。我和赵小伟都深受港台影视的熏陶，欣赏侠肝义胆，但我知道去伪求真，知道有所为有所不为，并且不由自主地在外力的推动下前进。而赵小伟不同，他迷恋于武力带来的满足感。那天饭后回学校的路上我劝过他，说大学里不比

在小县城，动不动就动拳头，那是不能解决问题的。他虽然没有直接反驳，但我能感觉到他强忍着的不快，所以没再多说。

每个人都有不同的路。好比学姐，如果我早早认识她，也许她不会和赵大伟那帮人混在一起，也可能会有不同的人生。但现实无法改变。好比一出戏，我在落幕时才匆匆出场，没有时间铺垫，一切都是那么突兀，和剧情格格不入。但是，无法否认的是，虽然戏剧草草谢幕，但余音犹在。

这场饭局之后，学姐再度出现在我的脑海。我承认我没有忘了她。

我想起她裹着浴巾春色满满的样子，想起她在我欲望奔涌时跳下床伴随着收音机起舞的模样……她说："你还小，我不能害了你。"当时不以为然，现在看来算是应验了。我现在满脑子都是和学姐在一起的光景，那暧昧的光景！那种欢悦印记，让人没有办法远离。

最后我努力使自己平静，对方莹的内疚渐渐占据上风。我不该在和方莹关系密切的时候想起学姐的身体，这个念头让我觉得我很鄙贱。但是我还是原谅了我自己。原因很简单，我和学姐先方莹而认识，我和学姐发生关系是在和方莹决裂之后，总之，我并没有对不起方莹。唯一不应该的是现在想起学姐！

最终我做到了。学姐不在我脑海中出现了，但我想起了和方莹在山中的温存。总之，欲望慢慢强烈，像自行车胎充满气，坚硬无比。我想，帅猴能和无数女人上床，杜老板也能轻易得手，而我，面对一个喜欢的女孩子，有什么理由退缩呢？

下周，我一定要得到她。我想。

18

叫骆盈的女孩，很快又见到了。

周三下午上完马列课，我和杜老板、郑邪三人慢悠悠地朝宿舍走，远远看见了上周在调剂食堂看见的女孩骆盈。她骑一辆漂亮的山地车迎面过来，看见我们，单手扶把，给我们扬扬手算是打招呼。

郑邪热情地跑过去把人家拦住，我和杜老板继续往前走。一会儿郑邪从后面追上来，神情愉悦地吹着口哨。

“喜欢上了？”我问道。

“哈哈，我俩还真是有缘。”郑邪说，“这一周来我们碰到过两次，你说这是不是缘分？”

“这也叫缘分？”杜老板不屑地说，“咱班上的女生我天天都见好几次，岂不是和每个都有缘？”

“这不一样，”郑邪说，“有研究说，在万人校园里邂逅陌生女孩的几率，如果不是刻意安排，一般平均两个月可以碰见一次。像我这，一周遇见两次，绝对是有缘！”

“嘿嘿！”杜老板一脸坏笑，“看人家不爱搭理你的样子，绝对是有缘无分！”

“去你大爷的，杜老板！”郑邪不高兴了。

我当然也不信郑邪的破理论，因为三个小时后我又看到骆盈了。晚饭后我提着四个热水壶去宿舍楼东头的开水房打水，打完水返回时碰见了骆盈，我冲她点点头，她对我微微一笑。我提着水壶没走多远碰见文学社里一社友，我俩说了几句话，期间我不经意视线扫过骆盈，她在排队等候，和别人不同的是，她的目光在注视着我们这边。

为验证自己是否多心，没走多远我佯装东西掉在地上，再次回望，不料和她的目光相撞，我心里咯噔一下，竟有些慌乱。

郑邪的狗屁理论，一天内我和一个女孩见了两次，难道是有缘？呵呵。

郑邪恰好在我们宿舍和人玩牌，我说：“我见到你家骆盈了。”“在哪儿？”“水房排队打水呢，快去，还能碰得上。”

郑邪飞快将牌塞给我，回宿舍拿起一个暖水瓶飞奔下楼。不一会儿跑上来，张嘴就骂：“你大爷的，江言，玩我呢！”

我并不恼：“真见着了，是你跑得太慢了。”

19

星期天一大早，我就在方莹楼门前等候。方莹出来时挎着书包。

“干吗？”我不解。“从今天开始，我要好好学习了。”方莹说。

“不会吧？”我说，“我还想带你出去玩呢！”

“不玩了，玩物丧志。”方莹认真地说道。

整整一天我们是在自习室里度过的。她温习功课，我百无聊赖，在纸上乱写。一会儿描立体字，一会儿练书法，最后决定写点小文章投给校文学社。

早上很快磨过去了，中午我去食堂吃过，按她的要求给她带回面包和矿泉水。想起高三时每餐她给我的水果加餐，自作主张买了两个红艳欲滴的苹果，这个小小的举动让她很高兴。她笑吟吟地咬了一口，递到我嘴边，我也咬了一口。

下午方莹照例温习功课，我苦思冥想写就一篇《年华随风而逝》，是为校文学社年度征文的应景之作。文章要求思想健康、文笔流畅，能体现当代大学生的精神风貌和见识。思想健康和文

笔流畅我倒不担心，那是咱的强项，倒是“体现当代大学生的精神风貌和见识”让我犯了难。最后挖空心思写就。

其中针砭校园不良现象的一段我自认为很精彩：“我们的普遍迷惘在于，身在昏庸中无法自拔。玩乐、享受、恋爱，我们把这想当然地当成青春必修课，殊不知，年华随风而逝，韶华不再，红颜弹指老。多年以后蓦然回首，收获的恐怕多是苦涩……”

我以卖弄的心态笑请方莹斧正。她对我这段大为赞赏，她说这是我写得最好的文章，比以前的风花雪月有意思多了。这是她第一次夸我，因而记忆深刻。但稍后，她和我进行了从未有过的一次深刻对话。

我和她并肩从自习室出来，沿着林荫道漫步。三三两两的学子鱼贯而行。有大胆的男生路过我们身旁会回头瞥方莹一眼。我并不恼怒，这一点和杜老板不同，若有人多看他女友赵晓美一眼，他会不高兴地冲人瞪眼。

“好多人看你呢，看来你的确很美。”我笑着说。

“嗯……”她说，“说什么呢？”她有点分神，不知在想什么。

“夸你长得漂亮哩。”我说。

“哦。”她说。

“有心事啊？”

她看了我一眼，突然郑重其事地说：“你是怎么打算的？”

“什么？”我不解。

“毕业后工作的事，你想过没？”

“还早着呢，”我说，“还有三个学期呢。”

“哦。”她不再言语。

“反正我是不回去了。”我说，“还是大城市好，机会多。”

“你好好努力吧，想留在大城市，起码成绩要好。”她说。

“成绩好不了。”我说，“像我这种年年补考的差生，能毕业就不错了。”看来人人都不喜欢别人的劝诫，哪怕是最亲密的人。我劝小混混赵小伟，从他面容上察觉了引而不发的恼怒。现在轮到我了，我隐隐感到有些不悦，虽未发作，但言语措辞中还是带了点情绪。

“要是毕业证都拿不上，你怎么对得起父母！”她显然不是一个善于诱导的思想政治工作的好手，明显跟我针锋相对。

“咱们不谈这个好吗？”我蓦地想起了高三时她对我说“走开”的情景，心想她只是一个小女孩，犯不着和她较真。

但她似乎不愿就这样结束争论，反而咄咄逼人：“你的文章里，你知道浪费青春不应该，为什么你不愿改正呢？”

“文章都是骗人的。”我说，“我怎么浪费青春了？”

“你和杜老板，你们整天只知道玩，年年补考，没学到东西，毕业了怎么找到好工作？”

“你怎么知道我整天玩了！”我说，“难道找工作一定要学习好吗？”我想起了赵小伟，他爸是县财政局的领导，不好好学习，照样和我在一个学校里，而且一毕业马上就会被安排进县城里的某个好单位，过朝九晚五一杯茶一张报看半天的幸福生活。

“咱高中的那些混混，不用学习照样有好工作！”我辩解道。

“你可以吗？”她反问道。

“你……”我看着她，她仿佛失去了理智，辩论已经变成了攻击，再进行下去毫无意义。我沉默着不再发一言，任她数落。不一会儿她自己也觉得没劲了，闭口不言。我们沉默着走到她宿舍门口。

“等一下，我去拿饭盒。”她说。

“不了，”我撒谎道，“晚上我们同学聚会。”

我独自一人走到校门口，坐上6路车，慢悠悠地返回。路上乘客由少聚多，我将脸一直转向窗外，看过往的行人，看街道的模样，努力使自己恢复平静。

20

晚间时分，气消了不少。想着有门课快考试了，方莹说得也对，总不能挂了吧，便破例去了教室自习。

我从后门步入挨着门口坐下。教室里人不少，好学生基本都在，英语老师喜欢的女生也在。

我费劲地温习了一会儿功课，便觉得索然无味。和方莹在一起我还能坐得住，一个人实在无聊。和我臭味相投的杜老板、郑邪不在，周边都是好学生，和他们平时不太言语，所以没人主动凑过来和我说话。

这时，坐在教室前排的舍友“吻别”走过来：“嘿嘿，江言，你老也亲自来了！”我说：“见笑见笑。”他从裤兜里摸出烟和打火机，“来一支？”他问我。我本不大抽烟，这时正感到无聊，便说：“来一支。”

我俩点上烟，在走廊里闲聊，顺便看过往的女生。一会儿又从教室里出来两三个，加入到我们的阵营。理工院校的女生，出众的少，大多普普通通，好不容易来了两个，着装一红一黄，远

远看去还不错。“红衣服的那个不错。”“吻别”说。几个人站到对面，故意把走廊封锁，留下很窄的一个出口。“吻别”放开嗓子吼：“我和你吻别在无人的街……”平心而论他的声音还不错。

俩女孩走到跟前，黄衣女生略略犹豫了一下，还是从出口侧身穿过来。

我没兴趣加入他们的恶作剧，心里盘算着要不要去给方莹打个电话道个歉，不料有人从背后推我一把，我一个踉跄撞在黄衣女孩身上。

“干什么！”女孩吓了一跳，惊声尖叫。

“对不起，对不起。”我连声解释，瞪了一眼身后那个大个子山东小子，这家伙喜欢捉弄人，没注意让他给我使坏了。

哈哈哈，大伙使劲地笑。

“江言，是你呀！”红衣女孩叫我。我定睛一看，竟然是高阳，杜老板喜欢的女生高阳。那黄衣女生自然是和高阳同宿舍的杜莎莎。走廊里灯光昏暗，加上我并未细看，所以没有认出来。

“是你们呀，”我说，“你们也在这个楼上自习？”高阳说：“我们教室在东大楼，晚自习随便坐呢。”“这是我们教室。”我说。

“是吗，我看看。”杜莎莎从后门进去看了两眼，“你们班人真多。”

“总共107人，加上班主任是梁山一百零八好汉。”我说。

“人不少。”高阳话锋一转，“我在校报上看见你写的文章了，

真不错。”

“乱写呢。”我说。

“谦虚就是骄傲。”杜莎莎调皮地说。

“不说了，我俩有事出去一下。”高阳说，“有空带你女朋友来玩，她人挺不错。”

“好。”我说。

目送她俩离开，我回到座位坐下，“吻别”跟进来神秘兮兮地问谁呀，我说杜老板的一个朋友，跟他去过人家宿舍而已。

“谁信，我咋看跟你挺熟的。”“吻别”说，“你这家伙原来也是吃着碗里看着锅里的。”

“真不是。”我说。

他一脸不信任地笑着走开。

他见过方莹，我可不想被他这样误会。但是没有料到，接下来又有始料不及的状况发生。我努力看了会儿书，靠在椅子上望着黑板发呆。骆盈进来了。她径直走到英语老师喜欢的女生的座位旁，和她说话。她和旁边的几个女生似乎都很熟悉，和这个说几句，和那个说几句，很是活跃。原本沉闷的气氛被她调动了起来，大家也似乎放松了许多，窃窃私语者也多了起来。

她看见了我，走到我跟前，靠在前排座位上侧着身子和我说话。

“你好。”我说。

“看什么呢？”她拿起我的《高等数学》翻了几页。

“马上考试了，临时突击呢。”我说。

“嘻嘻，和我一样。”她灿烂地笑道。

“你们教室也在这儿？”我说。我这人不善言辞，刚才和高阳也这般说来着。

“五楼。”骆盈指了指天花板。

“这么巧。”我说。看见前排“吻别”冲我挤眉弄眼，搞得我很不自在。一个女生大大咧咧地坐在男生前面，激发了大家潜在的好奇心，吸引众多目光在所难免。

骆盈也注意到了。她和我微微一笑算是告别，走到前排和英语老师喜欢的女生打了声招呼，从前门走了。

“吻别”走过来，“江言，你小子——”他话中有话，欲言又止。

“真没事。”我说。

“这事要是你那方莹知道了，不知有事没事呢？”他一脸坏笑。

“别，千万别乱说。”我说，“有些事它越描越黑。”

“吻别”从口袋里摸出烟盒，揉成一团扔在地上，“烟没了。”他说。

“这好办，”我说，“一包哈德门。”

“两包。”

“一包。”

……

我俩去北大门的校办小卖部买了两包烟，一人一包，算是给他的封口费。回到座位上，发现多了一个笔记本。旁边的同学说

是刚才那个女孩放这儿的。这是高数的笔记，主人看来学习很用功，记录着每节课的重点，最后一部分是标出的应试要点。这断然不是骆盈的，因为笔记的字体苍劲有力，一看就是男生的。笔记本下压着张字条。

“我们班学习委员的，保你通过——骆盈。”

学习委员的笔记脉络清晰，重点突出。我用了两天时间融会贯通，受益匪浅。我想对骆盈表示感谢，但她一直没再出现。第四天上午课间时分，我上五楼去找她。笔记本上标明了班级，一上楼梯左手第一间教室就是。我对门口站着的圆脸盘的姑娘说：“麻烦叫下骆盈。”那姑娘倚门看了看，进去了一会儿，出来对我说：“骆盈好几天没来了。”我问什么时候来，女孩说不知道。

中午下课回宿舍的途中，我支开杜老板，故意磨磨蹭蹭走在最后，和英语老师喜欢的女生走到一起。我问她见骆盈没，她说好几天没见了。她问我找她有事吗，我说没事。她笑笑。

我们闲聊了会儿，走到生活区的岔道口分开了。中间隔着食堂，西边是女生宿舍，东边是男生宿舍。

21

周六晚上宿舍熄灯后，我就着楼道的灯光一鼓作气看完了那本久看未完的《呼啸山庄》。早晨还在熟睡之际被人弄醒，我睁眼一看是杜老板。

“你大爷的！”我嚷了一句，倒头再睡。

“还睡，你看谁来了？”

“谁？”我侧头一看。方莹在门口，盈盈浅笑。

上周我去找她，这周该她来我这儿。看来她没有生我的气。我心情大好，快速洗漱完毕，和杜老板陪方莹去食堂吃早餐。我要的是玉米粥就咸菜，外加一个馒头。她一直反对我吃咸菜，说咸菜没营养又损害健康。但杜老板更甚，要的是麻辣米线，碗里红彤彤一片，像辣椒的海洋，看得方莹直皱眉头。

“你们啊，说了不听，简直没办法。”

“成习惯改不了。”我说，“好比我一周不见你心里难受得慌。”

“切，肉麻死了。”杜老板故意夸张地嚷道。

“这还肉麻，肉麻的还在后头呢！”我伸手将方莹朝我这边

一搂，顺势在她脸上亲了一下。

“没看见，我保证什么都没看见。”杜老板笑道。

“干吗！”方莹挣脱我，脸颊片刻变成一片绯红。

晚间时候，我终于和方莹吻在一起。我和她寻了一间教室温习功课，我表现良好，再度将高数笔记本上的内容温习一遍。方莹很是高兴，亲热的时候她表现得很顺从。

彼时月影横斜、秋风宜人、暗香涌动。在树叶和山石的掩护下，在附近“友军”发出的暧昧声音营造的绝佳氛围中，我循序渐进，褪去了方莹的羞涩。但在进攻最后的领地时，遭遇到了她强烈的抵抗。和上次山中之行一样，我最终败下阵来。

她挣脱我，快速收拾衣装，从假山上跑下去了。留下激情高涨的我狼狈不堪地尾随其后，败退下来。

“为什么？”我跟上她一言不发地走了一段路。

“什么呀？”她说。

“为什么不给我？”我说。

“你不觉得太早了吗？”她说。

“别人都这样呀！”我说，“杜老板和他女朋友都同居了。”

“别人是别人，我是我。”方莹说。

我心中不快，不再说话，和她默默走到校门口，朝东走向6路车站。

她侧过脸看看我，笑了：“好了，别闹了。”她挽住我的胳膊：“咱们这样不是挺好嘛！”

我依旧不言语。

“江言，别闹了。”她索性站到我前面，摇晃着我的双臂。

我忍不住笑了。

我送她到6路公交站牌下，依次排队上车，我附在她耳边说：“这次不和你计较了，但下次要给我啊！”她瞪了我一眼，不置可否。上车后她靠车窗坐下，将玻璃推开，双手放在嘴边对我做无声的回应。从她的口型我可以看出，她的回答是：“不给！”外加顽皮的吐舌动作。

从未有过的可爱样子。我看着6路车载着她远去，这才愉快地返回。

22

高数考试如期而至。有学习委员笔记本的帮助，我答题从未有过的轻松。后排的杜老板嫌偷看不过瘾，趁监考老师不备，竟然将我的答卷抽了过去。他抄完又传给郑邪，弄得我差点交不了卷。

室外天气晴朗，阳光照在身上温暖无比，我和杜老板走在校园的林荫大道，展开了热烈的讨论。杜老板说："你这次答题真快，但不知准确率怎样？"我说："只要你没把姓名照抄的话保你过关。"

这时，一辆蓝色山地车停在我们身旁。"讨论什么呢，这么开心？"是骆盈。她双手扶把，笑盈盈地停在我们身旁。

我将笔记本还给她说请她吃饭以表感谢，她说吃饭就不必了，但是还没想好让我怎样谢她，等想好了再说。在路上简短寒暄几句，她骑车先走了。

不过她很快就想好了。吃过饭，一帮人在宿舍里准备玩牌，有一陌生男生在门口喊："江言，楼下有人找。"我下去一看，

骆盈背着画板，站在门口。

“今天天气不错，我想画画去。”她说，“你给我当模特吧。”

“模特……”我支支吾吾道，“我这形象，恐怕不行吧？”

“可以的。”她说，“你说过要感谢我的。”

那天下午我和骆盈出去了。春晓园景色不错，虽是深秋，草木有些衰败，但地上荒草的翠绿并未完全退去，和金黄的落叶相互衬托，依然有些看头。

我给骆盈当了几分钟模特。想不到她一个工科生竟然有不俗的绘画功底，她寥寥几笔就勾勒出了我的模样。“送给你了。”她说。

“画得不错。”我由衷地赞叹道。

“过奖了。”她笑说，“其实我喜欢画画，但最后学了自动化管理。”我说我也一样，喜欢文科，最后上了理科。

“为什么？”她不解。

“高二文理分班时班主任说理科录取的比例大些，就这么稀里糊涂报了理科。”

“哈哈，你也真够糊涂的。”她说。

“高考时我物理化学两门都不及格，但语数外三门都接近满分。”我说，“更糊涂的是填志愿时我清一色只填了专科，本科一个都没填，但我的成绩超过了本科线 12 分。原因是我们的生物老师说本科和专科的区别是每月八元的工资而已，但本科还要多上一年……”

“不会吧？”她十分惊讶。

“真的，”我说，“是不是很傻啊？”

“真够傻的。”她说，“我是因为我爸不让我考美院，没办法才上的理科。”

“呵呵。”我也傻笑。不过我不后悔，能上大学我已经很满足了，要知道按我平时的成绩根本不可能考上的。我突然想起了方莹，因她的影响，当初我才有了考大学的信心。

“想什么呢？”她说，“不过……你这个人其实挺聪明的。”

“聪明？怎么说？”

“不告诉你！”她故意卖关子。

我的模特只做了一会儿，下午的大部分时间，她在画周遭的景物，山石树木，花鸟游鱼。兴之所至，她临摹了远处草地上一对男女的激情画面，尺度大胆，比真人有过之而无不及。

我看得面红耳赤，她却孤芳自赏，并要我给取个名字。

我思考片刻，吟出“人间秋色”四个字。

“好啊，好啊！”她赞许道。

23

“不给！”——方莹在6路车上对我喊出的这个口型，看来并不是率性为之，而是坚定的拒绝。

此后，她不再给我可以作乱的机会。虽然轻吻还是一如既往，但也局限于此。但凡发现我有贪欲的念头，她必然将它扼杀在摇篮之中。有几次在深吻得意乱情迷之时，我想借机进攻登堂入室，她都立刻从迷乱中清醒，从容地阻止我。意志之坚定，思想之清醒，令人嗟叹。

看来，她跟我的关系只想维持在亲吻阶段！每每念及于此，我便十分沮丧。

“搞定了吗？”帅猴请我和杜老板吃烤肉喝啤酒时如此这般问我。

“还没有。”我老老实实答道。

“哈哈哈！”他俩笑得前俯后仰。

“江言，说你是周口店来的你还不承认！”杜老板说，“我跟我家赵晓美一个月就上床了，你们都快两年了！”

“呵呵！”我憨厚地笑笑。

帅猴说：“你这家伙肯定是还未开化，回头有机会哥带你去见识见识。”

我知道帅猴指的是夜总会这般的声色场所，杜老板跟帅猴去过，曾经绘声绘色地给我们描述过。比如里面的小姐如何跳极富挑逗的钢管舞啦，比如小姐如何风骚任客人将小费塞进胸部，诸如此类。但和我有何相干？

我们不停地干杯，一人一瓶，喝到宿舍快熄灯时，两打啤酒已被我们干得底朝天。借着酒劲，帅猴给我出了个主意，大意是找机会大家一块聚，把方莹灌醉，趁机把她拿下。

“这不合适吧？”我说。

“有啥不合适的，”杜老板悄声告诉我说，帅猴现在的女朋友有很多人追，帅猴就是把人家灌醉，酒后得手，那女孩这才死心塌地跟随帅猴的。

“不会吧？”我说。

“孙子骗你。”杜老板说，“方莹对你不错，但是她不肯给你，说明还没下定决心。”

“还没下定决心？”杜老板这个说辞比较新颖，我从来没有想过。我和方莹在高三相识，中间有过罅隙，后来复合如初。除了最后一关不肯妥协给我外，现在相处也很融洽啊，何来有他心之说？

“不会，不会，方莹就我一个异性朋友。”我说。

“也许是我多心了，”杜老板说，“方莹这么漂亮的女孩子，

追她的人肯定很多，可能你不知道而已。就算她现在只和你一个好，但你不早下手，以后就很难说了。”

“你多心了，杜老板。”我笑说，“方莹思想比较传统，不接受婚前性行为而已。”

“但愿是这样。”杜老板说。

我回到宿舍，刚好赶上他们在进行关于女人和性的大讨论。大家各抒己见好不热闹。“吻别”这小子赖在我们宿舍不走，别看他个子不大，年纪也不大，但谈起性来头头是道。

“对付女人，不但要得到她的心，还要得到她的身体。”

“有研究表明，女人只有在床上才是最幸福的时刻！”

……

怎么他们也这样认为？我躺在床上，思索着刚刚他们之所言，心情久久不能平静。我想起了学姐，我对她并无爱情，却和她发生了关系。和方莹，我实实在在地喜欢她，她也喜欢我，但她却拒绝给我。而帅猴，引诱他喜欢的女孩发生关系，结果那女孩死心塌地爱上了她……

爱与性竟然这般矛盾，我实在无法将其梳理清楚。这般场景好似几股真气同时在体内涌动，此起彼伏，此消彼长，一时难分伯仲。

24

高数成绩出来，我竟然考了 89 分。杜老板和郑邪一个 62，一个 68，都及格了。我们都很高兴，聚到调剂食堂，他俩做东请我以示感谢。

在等待食物上来的时候，我看见了骆盈。上次春晓园之行后，有三周没见到她了。晚自习时她没再来我们教室，路上也没再遇见，不想在这儿碰到了。

她和另外一女三男一起走进来。我只是微微点头和她示意，郑邪激动地向她招手。她摆摆手给我们致意，和那几个人坐到另外一边。

郑邪盯着他们看了半天，跟杜老板小声嘀咕其中是否有骆盈的男朋友。我说那个扎小辫有艺术气质的像，杜老板说那个高个体型彪悍的最像，要打架的话咱仨人都不是对手。闻听此言，郑邪有些失落。

但骆盈很快坐过来了，我朝里给她挪出位置来。“其实你们感谢的人不是我，这位才是主角。”我解释说考试的要点是骆盈

告诉我的，大家能通过全托骆盈的福。

我说了大家的成绩，骆盈很是惊讶。说我突击两天能考出 89 的高分实在不容易，她平时没偷懒却只得了 80 分。然后她话锋一转：“给你们讲个高数的段子，想听吗？”

“想。”我们认真地倾听她的讲述。

“1669 年，牛顿在剑桥大学升为数学教授。当时学校资金紧张，包括牛顿在内的大部分教职工薪水已欠数月。为解决此问题，牛顿潜心研究创立了微积分，将一门名叫‘高等数学’的新科目设为全校的必修课，并规定不及格者来年必须缴费重修直到通过。很快教师们的工资发了下来。”

“真的假的？”杜老板疑惑地问。

骆盈抿嘴一笑，还未作答，郑邪已抢着插话：“真笨，你没听这是段子吗？段子这玩意儿，你认为真它就真，你认为假它就假呗。”

“所以说高数是很难的。”骆盈笑说，“能过你们就偷着乐吧。”

“那是，那是。”杜老板和郑邪眉开眼笑。

“你男朋友吧？”我转移话题朝那边努努嘴。

“我们书画协会的。”她说，“下午我们书画展开幕，你们来捧捧场吧。”

“没问题，没问题！”郑邪连声应允。

服务员端着饭菜过来了。“你们吃吧。”骆盈说，起身到协会那边的桌子去了。

厨师手脚实在慢，我们吃完饭，她那桌的饭才刚刚上来。我

们朝出走，和骆盈摆手打招呼。“江言，你文采好，早点过来，”她说，“画展的开幕词帮我们修改一下。”

“好嘞！”我应承道。

画展主会场在学校大学生活动中心三楼。从楼顶甩下的横幅写着热烈祝贺画展胜利开幕的字样，楼前的树干上也贴着花花绿绿的标语。气氛渲染得很是热烈。

我们三人顺着楼梯走上去。活动中心我很熟悉，文学社的办公室在二楼，我在这儿投过稿件，参加过三四次他们组织的会议。但三楼书画协会还是第一次来。

三楼的所有房间都成了展示的场地。参赛者的作品整整齐齐挂在细绳上，接受大家的参观。别看是校内的展览，但无论从作品的种类还是数量上都不含糊。隶书、行书、小篆样样齐全，国画、油画、版画、水彩画应有尽有。尤其是绘画作品，内容丰富多彩，山水虫鱼、落雪飞花、美人走卒都有涉猎。

我在第二个房间看到了骆盈的多幅作品，其中有一幅正是那天在春晓园所画的，名字叫《人间秋色》。大概是因为尺度开放的原因，吸引了多人观看。

“到处找你呢。”我凑过去看热闹，被骆盈发现拽到了最里间的组委会办公室。那个留辫子的男生在，竟然是书画协会的主席。他把发言稿给我让我帮他润色。弄这是小儿科，我三下五除二给他弄好，用了十来分钟。

展览如期举行，校党委书记、学生处处长、团委书记等领导悉数出席。骆盈是主持，我只知道方莹普通话好，没想到骆盈也不赖，声音动感十足。领导讲话完毕，小辫子书协主席致辞宣布

书画展正式开始。众人鼓掌，开始自由参观。我在人群中随波逐流随意观摩了会儿，趁无人注意偷偷溜了。

25

元旦后的第一个周末，杜老板的女友赵晓美过生日，嘱咐我一定要带方莹来。

我和方莹还是每周末见面，彼此相安无事。一和她独处，体内荷尔蒙作祟，而她又不肯就范，所以我乐得大家一块玩。

我随她在街道的商场挑了一条紫色的围巾，手牵手去学校旁边城中村帅猴的住处。杜老板把场地选在这儿，大家自己动手做饭吃热闹。

虽然学校有规定，严禁学生夜不归宿，但真正执行只是针对新生。对大二以上的学生基本是睁只眼闭只眼，像帅猴这样的大三老油条更没人管了。他大二下半学期就住在这里，早就混熟了，进进出出俨然像房东一般自在。他本人乐善好施，这里成了不少学姐学哥初试云雨的地方，杜老板和赵晓美就常在这里借宿。

算上主人帅猴和他女朋友，赵晓美的客人有十位，五男五女。有几位从未见过，都是她的好朋友。女生们去厨房忙碌，男生们在客厅抽烟玩牌。

杜老板去楼下小商店搬来两箱啤酒，看来准备尽兴畅饮了。我玩了几把，被帅猴叫出去。乘人不备帅猴塞给我一小包东西，包装花花绿绿的。

“什么？”我问。

“等会儿找机会倒进她杯子里，绝对搞定。”帅猴神秘地说。

“不用，不用。”我明白这是什么东西了。校内电线杆上、墙壁上到处被人贴有这种“催情药”的小广告，说可以瞬间让玉女变荡妇，天使成娇娃。

“真的不用。”我推托不要。

“拿着！”帅猴不由分说将它塞进我裤兜里。

“干什么呢？”方莹端着菜走过来，“帮我择菜吧。”

几个女生手脚麻利，一会儿菜就上来了。茶几面积有限，帅猴向房东借了个折叠桌上来，大家挤坐在一起。切蛋糕、碰杯、说祝福，气氛好不热烈。第一杯啤酒赵晓美提议大家都要喝。方莹面有难色，要我帮忙，我刚接过去便被杜老板他们阻止了。无奈之下，方莹喝完了这杯。喝酒这事，要么一滴别喝，要么一醉方休。男的自然是来者不拒，女生虽然百般推托，但别人和你碰杯，第一杯喝了，第二杯不喝点岂不是不给人面子。如此这般，方莹面前六大杯都空了，当然她趁人不备给我杯子里倒了些。

我明白帅猴和杜老板的良苦用心，想把方莹灌醉让我趁机拿下。但我不愿意这么做。最后我出面阻止要求代酒，他们说那就两杯抵一杯。

一点啤酒醉不倒我。杜老板和另一个男生去厕所吐了，帅猴

也东倒西歪，我也有点醉眼蒙眬，只剩下几个女生比较清醒。时间也差不多了，方莹说要回去，再晚6路车就没了。

帅猴女友说：“要不你和江言就住这儿，我们都回宿舍住去。”

方莹笑笑：“不了，我们每晚宿舍查房呢。”

没我的配合，帅猴和杜老板的计划自然难以执行。后来我不止一次地想，如果那晚把方莹灌醉留下了会是什么结果？她生气了从此不再理我还是被迫就范？帅猴和杜老板会做出这样的事，但我想我还是不会。若干年后的今天，回想那天的光景，我的选择依然是“不会”。没办法，江山易改，禀性难移。若干年后，我还是我，固守我的道德准则，徐徐前行。而帅猴，他私通赵晓美和杜老板闹翻，再后来因为诱奸一少女被告发锒铛入狱，再无昔日风流！

但这计划还是败露了。在6路站牌下，酒意上涌，我伸手在裤兜里摸纸巾，把那药带了出来，掉在地上。花花绿绿格外醒目。

“这是什么？”方莹猫腰捡起。我想阻止，但酒精麻醉下的身体反应迟钝，被方莹先下手为强了。

她自然能明白这是什么！她的脸色瞬间变了，把那东西扔到地上气呼呼地不说话。我尴尬地用脚踩住，怕引起别人的注目。

“不是……”我匆忙解释，“帅猴的，他喝醉了硬塞给我的。”

“不用解释，我知道你现在整天想什么！”她怒气未消。

“我……”6路车车门打开，人们蜂拥而上，方莹撇下我挤了上去。今天是周末，人比较多，车上座位被占完了。方莹拉着吊环站着。瞥见我，索性换到另一边，留下背影给我。

目送6路车开走，我一脚将那包药踹到路边的水潭之中。

估摸着时间，我给方莹宿舍楼打电话。好不容易才打通。我对接电话的阿姨说麻烦找下1-22的方莹。我听见话筒里阿姨嘀咕了一声，喊住过路的女生帮忙给叫。话筒里一片窸窸窣窣的声音。大约半分钟后，我听见方莹“喂”的声音。

“是我。”我说，“看你回去没。”

方莹不说话。我略微停顿了一下：“今天的事，你误会了……”

“不说了，”方莹说，“人家要用电话呢！”说完她无情地挂断电话。

第二天下午有节马列课，代课的是位副教授，人很死板，盯上我们了，点名时对我们重点照顾，叫到我和杜老板几个时分外用心，一定验明正身。这下我们没法逃了，只有老老实实地待着。

杜老板把马列课本支起来，趴在那儿打瞌睡。我则在本子上胡乱涂鸦，描空心字玩。教授能管得了我们的身却管不住我们的心。

好不容易下课铃声响。教授还在收拾讲义，我从后门出去向楼外奔去，行至前门和抱着讲义出门的教授撞了个满怀。

“江言，你急什么？”

“对不起，对不起！”我给教授弯腰行礼然后一路小跑离去。教授连我的名字都叫得上来，那是因为我整天不好好听课测试成绩却不错的缘故。这是自然，理科我一塌糊涂，但像马列这种偏文科只需要记忆的科目，我提前突击两天考个90分以上那是小菜一碟。

只要不是上下班的高峰，6路车上都有空座。我依旧选择靠窗的座位，看熙熙攘攘的车流和三三两两的行人，脑子不由自主地想起昨晚的场景。如果听了帅猴的话，会发生什么呢？想来想去不知所以。罢了罢了，方莹不愿意，以后不勉强她就行了。这种事要你情我愿，强迫算计算什么啊！

我让人叫方莹。几分钟后扎着麻花辫子的高个子女生出来了。

她说："你是江言吧，方莹不在。"她竟然认识我。其实我也见过她，第一次来找方莹的时候便是她出来通报的，有几次和方莹在一起时碰到过她，但我们没说过话。

"你好，"我说，"你是周岚吧，方莹经常说起你。"

"是吗？"她露出喜悦的神情，"方莹怎么说我的？"

"她说你是她最好的朋友，学习好、人缘好，长得也很漂亮。"我说。她长相也不错，我倒没怎么恭维她，她只是生理上有点小缺憾，容貌、气质、谈吐几无挑剔。

"我哪漂亮啊，方莹才叫漂亮哩。"她说。

"方莹有可能在图书馆呢，我带你去，我刚好要去还书呢。"她扬了扬手中的书。

我和她并肩朝工大教学大楼走去。路上我接过她的书来看，原以为是文学书籍，不料却是她们自动控制的专业类书籍，翻几页都是图表和公式，我哪有兴趣。

方莹果然在。图书馆的阅览室宽敞明亮，寂静无声，适合刻苦攻读。周岚走过去轻轻拍了一下方莹的左肩，用手指了指门外。她回过头来看见了我。

“你怎么来了？”她快速收拾书本，走出来笑吟吟地看着我。我原以为她会对我大肆发作，不承想却是这般和风细雨。

“来给你赔罪呀！”我说。

“知错了？”她笑着说。

“那是。我一晚没合眼。”我说。

“知错即改，还算是好孩子……”她竟然开心地调侃我，哪有半点不快的影子！

“你没生气啊，”我委屈地说，“害得我逃课赶过来。”我声音有点大，过道里学子们纷纷看我。方莹扯着我的衣袖，拉着我下楼来。

“什么呀，不生气是本姑娘度量好，”她说，“你倒有理了。”

“呵呵！”我说，“我这个人只是不喜欢被人冤枉。那东西是帅猴强塞给我的，我压根就没打算用。”

“那你还装兜里？”看似语气平静，她其实是在引蛇出洞，欲使我露出破绽。

“屋子那么多人，也不能当着帅猴的面扔吧？”我问心无愧，自然反应敏捷，回答得滴水不漏。

“原谅你了。”她说，“虽然不求上进，但品行这点我对你还是有信心的。”

“莹姑娘过奖了！”我痞笑道。

“看你这么急赶过来的分儿上，你说，吃什么，我请。”她说。

“吃饭多俗的，不如你请我——看电影吧？”我说。

我和她总共看过三次电影。高中时两次，陪杜老板、高阳一

次。我曾经多次请她看电影，她都拒绝了，仿佛和电影有仇似的。但这次她爽快地答应了。

离工大最近的宏光电影院，放映的是国产惊悚片《危情少女》，我们买来一堆零食边吃边看。片名至今还记得，但内容是什么记不清了。其实我们压根儿没怎么看，因为不一会儿我就蠢蠢欲动了，但这次我收敛了许多，仅仅接吻而已。抓过食物的双手脏兮兮的，当然不适合别的用途。不过印证了一句老话——此消彼长，好比猫鼠游戏，猫进攻时老鼠惊慌失措四处躲窜，猫被主人拴起时老鼠却悠然自得频频骚扰。在确定没有了危险之后，方莹开始大胆地探索，继承传统并创新求变，嘴对嘴将食物送给我吃，我一一笑纳。

26

那年冬天，在我印象中天气灰蒙蒙的，只有临近假期时一反常态提前下了场雪，银装素裹的世界格外清新。我和方莹和好如初，方莹拿了全额奖学金。萧瑟寒冷的冬天会自动摒弃我们的杂念，我和杜老板不约而同对功课略略上了心，逃课少了，去晚自习的次数多了些。得到的回报是我七门功课全部通过，虽然其中四门刚刚及格，大学物理正好是60分，不排除老师手下留情之嫌。杜老板也大有长进，补考科目减少到一门。此外还有惊喜，我的那篇《年华随风而逝》的征文获得了二等奖，文学社的喜报和书画协会的喜报恰巧同一天贴出，骆盈的《人间秋色》也获得了二等奖。上次展览之后我没再见过她，直到下雪那天，我们打雪仗的时候看见了骆盈，但她车头一拐，远远地绕足球场的那一边走了。

日子像流水账一样，一晃就翻完了。寒假了，大家各回各家。我和方莹照例在火车上惜别，她回我母校所在的小县城，我则回邻县的家里。隔三岔五在电话里联络，安好无事。

过年前夕我意外收到一封信，字迹很陌生。我这人懒散得很，

别人的来信我一般不回，久而久之没人给我写信了。这次不知是谁，莫非是方莹？但信上的字迹却不是她的。

出乎意料，信竟然是骆盈来的。

江言：

可好？

其实懒得理你。上次我邀请你来，你招呼不打就走了，好没礼貌！

但念在你为我取名字的画获奖的分儿上，原谅你呗。

但还是要给你尊告：不要仗着有点文采，就胡乱替别人写情书。“要说的话是深秋不会凋谢的花朵，因为太过珍重，所以不会轻易说出！”“再美的景致，如果身边没有鸣心共赏的人，那么风景自是风景，人自是人……”——好酸的话，郑邪哪能写出来，肯定是你代劳的吧？

再这样教嗦他人，我可真当是你写给我的，后果自负呦！

骆盈

骆盈的字迹大大咧咧，不但潦草，还把“教唆”写成了“教嗦”。信中文字虽短，但我立刻明白了。两层含义：第一，我那天不告而别当时就觉得不合适，但看见郑邪跟在骆盈身边屁颠屁颠的样子，我不忍破坏他的美梦，所以先走了。第二，代写情书的事，这是“市场经济”的需要，不能怪我。郑邪许我一周饭钱，傻子才不答应。何况从高一我就替人捉刀，习惯成自然了。写这玩意儿并不费事，我的一个笔记本上面摘抄了近百条美文佳句，信手拈来足以应付了事。我高二时有次替别人写，结果这猪头寄

错人了。就这，收信的陌生女孩被我的字句感动得一塌糊涂，竟然给他回信了，据说还成就了一段佳话。

于是我给骆盈回信道：

不辞而别的确不该，我再次郑重道歉。关于情书的事，和我无关。郑邪借走了我的笔记本，上面有许多类似的佳句。笨拙如我，哪能写出这么有情调的句子。他其实很有心的，只不过借鉴了一下而已。——春节快乐。

在信里，我撒了个美丽的谎言，在于维护我们枪手良好的职业操守，也对得起郑邪一周的饭钱。并且我还不留痕迹地替郑邪说了“他很有心”的好话。但我明白骆盈对他并不上心，原因在于骆盈在信里称呼他“郑邪”（这个很好理解，我们常郑邪郑邪地叫，骆盈岂会不知他这外号）。这我管不了，“师傅领进门，修行在个人”嘛！

写完后，我在下面另加一行：“你怎么知道我家的地址？此外，写信很麻烦，还是电话方便些。”我在底下写了我家的电话号码。

我照她来信的地址给她寄回去。楼下街角就是绿色的邮筒，天空中下起了沥沥细雨，夹杂着米粒般的雪粒。在投信进去的瞬间，我突然想起了那篇《永远的蝴蝶》，年轻的樱子帮主人公“我”去街对面的邮筒寄信……

“那时候刚好下着雨，柏油路面湿冷冷的，还闪烁着青、黄、红颜色的灯火……”——方莹朗诵的声音真好听！在这瞬间，我突然萌生了给方莹写封信的强烈念头。

说到做到，给方莹的信很快炮制成功：

莹：

好。

一日不见，如隔三秋。虽是隆冬，万物肃杀，但我心中自有暖流涌动。因为有你。

隔着一层雾霾，我也能感受你的恬静。其实你很美。和你在一起的温暖和甜蜜，萦绕心头，像春天的雨、夏日的花，珍贵而美丽！

其实给熟悉的人写信并不是件容易的事，要紧的事电话里说更快更直接。在挖空心思罗列了溢美之词后，我不知道说什么好了。

“你呢，我不知在你心中占据何方天空，但我觉得你对我始终有所保留，”我影射她不给我的事。“我觉得，在你的星空中，我似乎并不是最亮的那一颗！”

刚好有朋友在楼下扯着嗓子喊我，我便草草结尾，“但愿卿心似我心，定不负相思意。”

贴好邮票，下楼来塞进绿色的邮筒，如释重负。

正月初五的时候，才有回信姗姗而来，是骆盈的。

不管怎么辩解，代人写情书很无耻哦！

“过年好没意思，鞭炮声吵得人耳朵发麻，整日吃吃喝喝好无聊。还有好多烦心事！真的好烦啊！

“算了，见面后有机会再和你说吧。新年快乐！”

好奇怪的言语。短短的一页纸上她言语简短，好像心事重重，欲言又止。对我回信中的提问置之不理，逻辑也是异常跳跃。先

是迎面给我棒喝，再是流露出心情欠佳，还未说什么却又匆匆搁笔。

好奇怪，看来女孩的心思绝非轻易能了解。方莹也一样，十天过去了，我还未收到她的回信。此间我在电话里和她闲聊，她也不提及信的事。初七晚上，我终于忍不住了，打电话问她收到我的信没。“什么信啊？”她问。我只好告诉她给她写了一封信，都十几天了，早该到了。

“你等等！”她突然想起了什么似的。我听见她喊她弟弟的名字，一会儿她重新拿起话筒。

“我弟弟把信收了，结果出去玩给弄丢了。”她说，“不好意思，他常拆我的信看。”哈哈，我乐得笑出声来。我笑我这未来的小舅子有此癖好，高三时他发现了我写的字条去告密，弄得我和方莹差点就此错过！

“信里写了什么啊？”方莹温柔地问我。

“没什么，无非是向你告白。”

“说来听听。”

“你是我星空中最灿烂的那一颗！”我说。“继续啊！”她说。

写在纸上很自然，但面对面说出却难为情。我说：“要说的话是深秋不会凋谢的花朵，因为太过珍重，所以不会轻易说出。”

“呵呵，真酸。”她在话筒那边开心地笑了。

27

新学期和骆盈的第一次见面是在学生食堂里。我和杜老板埋头吃饭，骆盈端着饭盒过来在我们对面坐下。“嗨！”我和她打招呼。“没人吧？”她笑着说。她穿了一件红色的羽绒服，甚是鲜亮，头发也是精心收拾了的。“真漂亮，”杜老板说。“呵呵。”她笑道。我看着她，她也笑盈盈地看着我，并不说话。

“笑什么啊？”我说。“就想笑，不可以吗？”“当然可以。”

我和她并肩走在林荫道上，她还是乐个不停。

“你不是说你很烦吗？”我不解。

“是啊，烦死了，烦透了。”她说，“但是一见到你我就突然变得开心了。”

“为什么？”我说。“我也想为什么来着，后来终于想明白了。”

“哦，说来听听。”

“因为你不烦啊。”

“什么意思？”

“我想见你就见，不想见你就不见，你也不会要求我什么，

不会嫌我衣服穿得不对，头发梳得不好看，也不用违心参加一些不愿意参加的聚会……”

原来如此。我笑道：“原来你男朋友很烦啊。”

“很烦，真的很烦。所以我寒假向他提出分手来着。”

“哦，他同意了吗？”

“没有，他不但不同意，还把我关了两天。”

“有这事？”

“他家和我家有些交情，还是大人出面，这事算是暂时平息下来了。”

“你怎么打算？”“还能怎么着，等他喜新厌旧找到新女友再和他分呗。”

“你呢？”她突然问道，“听说你女朋友很漂亮啊？”

“还行。”我说。

“说说吧。”

“我和她高三时同班，现在都两年了。”

“那个了没？”

“哪个？”我问。

“咳，同居了没？”

“没有。”我说。

“呵呵，挺纯洁的啊！”

“她一直不肯。”我说，“我不知道是怎么回事。”

“哦，这个，我也不清楚，每个人有不同的思维吧。”她说。

“不过，也有可能她还没做好给你的准备吧。”

“寒假里我写信问她来着。”我说。

“哦，她怎么说？”她来了兴趣。

“信她没收着。”我说。

“呵呵，没收着最好，女孩家怎么好意思回答你的这种问题。”她说，“那事其实挺没劲的，别老纠结在这上。”

正是阳春 3 月乍暖还寒时节，我和她在校园里漫步，3 月的风轻轻吹过，阳光懒懒地洒在我们身上。有点热，她将外衣脱下扎在腰间，露出紧身的黑色毛衣，轮廓毕现。我注视着她，她时而侧身看我，时而快步前行，时而拢发浅笑。她并不是我第一印象中那个怯生生的女孩，她身上散发出诸多我所不能洞悉的未知光芒。

28

第二天下午下课后我又碰见了骆盈。我和郑邪、杜老板一块出教学楼，骆盈正好和同伴从楼上下来。

我冲她笑笑算是打招呼，她却叫住我："江言等一下，我有事找你。"她一点也不避嫌，边给郑邪和杜老板摆手示好，边示意我跟她走。我看看郑邪，他恼火地看着我，但没有骆盈的邀请，他还是跟杜老板走了。

"什么事？"我说道，"模特我可不干。"

"社会实践，这比模特刺激多了。"她神秘地冲我一笑。

我疑惑地跟她走出校门，她伸手拦了辆出租车。"去××小区。"她报了个我不知道的地名。车行十多分钟，我们到达目的地。

是一个新建的住宅小区，透过围栏可以看见装修工人正把沙袋一袋一袋朝楼道里扛。院子里树木很小，一看就是刚移植过来的，上面还裹着防护薄膜。骆盈并不进去，向里看了会儿，转身带我到对面巷子口的饺子馆坐下。"半斤肉的，三两素的。"她

老练地对服务员说。“好嘞。”服务员愉快地应承道。

这是个小店，门面不大，店内倒很整洁。但骆盈不会是为了吃饭专门到这儿来，肯定有什么事，因为她不时瞄一下对面。我看着她，她感觉到我的疑惑，冲我调皮地吐了下舌头，并不解释。吃完饭，她没有离开的意思，我俩站在巷口，注视着对面小区的动静。小区里行人进进出出，并无特别之处。

我们就那么一直站着，她心里有事，所以没有谈话的兴致。我便保持沉默，随她默默地等待，直到夜幕降临，路灯亮了起来。我看着她，不知她为何要在这儿执着地等待。她冲我笑笑，并不言语。

突然，她慌乱起来，低头从包里掏出样东西，原来是相机。“抱着我！”她说。

“什么？”我不解。“抱着我，做个掩护。”

“哦。”我伸出手去轻轻放在她腰际。她把相机从我肩头伸出去拍照，只听咔嚓一声，暗拍成功了。想必是对方有所警觉，她将头埋下，隐藏在我肩畔。略等片刻，我侧过头去，看见了一对男女搂着的背影。她抓起相机对着背影又拍了一张。

“谁呀？”我问她。原本我以为是她男朋友，但从体型上看像是个中年男子。

“我爸！”她说。

“你爸？”我一下子明白是怎么回事了。

“走啦，大功告成！”她扬了扬手里的相机。

“知道你很好奇，”她边走边说，显得十分高兴，“本姑娘

就满足一下你的探秘愿望吧！”

我们没有乘车，步行朝回走。路上我了解了此事的来龙去脉。

骆盈偷拍的那男人是她父亲，女的是她父亲的情人。她父亲不但买房给这女的，还为了这女的要和她母亲离婚。骆盈想方设法偷拍他们婚姻出轨的证据，但她父亲的活动不规律，一直没有逮着，今天终于如愿拍到他俩勾肩搭背的证据。

“好笑吧？”她说。

“你父亲也太过分了吧！”我不觉义愤填膺。

“男人都这样，一有钱都变坏。”骆盈黯然说道。

“打击面广了吧？”我说，“我除外。”

“没包括你，”她笑了，“你还是个男孩！”

“你才男孩呢！”我说，“不，女孩！”

咯咯咯，她笑得很开心：“你还没和女朋友那个呢，当然是男孩啊。”

“去、去，别拿我开心。”我佯装生气道。

“就拿你开心，怎么啦……”

我作势追她，她跑开去。恰逢6路车进站，她先上去将头伸出窗外对我扮鬼脸：“小男孩，快上车啦！”

29

骆盈和方莹是截然不同的两种性格。方莹是安静的，家庭和睦、生活平稳。骆盈是大大咧咧的，有几分男孩子满不在乎的性格。像父亲有情人这种事她也毫不忌讳，收集到出轨的证据竟然很高兴！

我一不留神把骆盈的事讲给方莹听，当然隐瞒了和骆盈的几次交往，只说是舍友郑邪有个女友云云。

“也许她是强装欢笑哩，”方莹说，“遇到这种事，谁会高兴哩。”

哦，我没料到她会这样理解。

“他们还说咱呢。”我突然想起了骆盈对我的调侃。

“说什么呀？”她问。

“说我还是小男孩。”我说。

“呵呵，你本来就像个小孩。”

“不是，”我说，“他们笑我这么长时间还没和你那个。”

方莹明白了我的话，瞬间脸变得通红：“又提这个，不理你

了。”

“我说，要不咱们在外面租房住吧，杜老板他们早住在一块了。”

“别人是别人，我是我。”方莹说。

我气呼呼地低头不语。

“我不是不想给你，现在还在上学，工作都没有着落。”方莹觉察到我的不快，给我解释道。

我和方莹后来有了默契，吵架时一方苗头不对，另一方会主动灭火，把矛盾解决在萌芽状态。这也是我们继高三导致分手的那次争吵之后摸索出的良方，双方默默遵守，所以相安无事。

“我也只是说说而已，你不愿意就算了。”我看着她，面庞温柔，双眸明净，唇红齿白——我喜欢和她相处，一块儿走走，说说话，即使什么都不做。

“工作的事怎么样了？”我们迅速消除隔阂，我拉着她继续在街道上散步。她侧过头问我。

“还没有，反正不回去了。”我说，“你呢？”

“考研，争取在本校读研。”她说，“我也不想回去了。”

“那好，那好。”我做欢欣鼓舞状，“我在这儿找个工作，上班挣钱养你。”

“这你说的啊，那我以后就靠你了。”她笑道。

“当然。”我说，“咱们比翼双飞、举案齐眉、相敬如宾、白头偕老……”

“酸死了……”

“那咱们现在能不能住一块先感受一下？”

“去，又来了……”

她用手敲击我头部，我顺势弯腰下垂双手做僵尸状溃败走开。

30

说来惭愧，我是个不善于规划的人，至于前途、未来一概没有想过。但现在毕业临近，我不得不面对这一现实。

我和杜老板参加过一次学校组织的企业招聘会，大受打击。招聘单位基本上要求本科学历，要专科的很少，要么是边远地市，要么是名不见经传的小企业。尽管如此，我们试着给本市几家企业投了简历，结果是泥牛入海，不见回音。

这时候才知现实的残酷，要想留在本市，学历差、没有关系，难度可想而知。

这时候，男女关系不再是宿舍谈论的话题，工作、前途的事成为主要论题。不听不知道，一听才大吃一惊。原来大家早都行动了。比如班长已经内定留校工作，成绩最好的学习委员被选拔去西部某卫星发射基地，某女生去银行了，就连郑邪也找到了市内的工作，在一家小有名气的通讯公司。这家公司我知道，招聘会上他们非本科不要的。对于我这疑问，杜老板说：“你傻啊，工作要靠关系的。”

我们找郑邪咨询，郑邪说是家里人给安排的。我们有些失落。像我和杜老板这种没有背景、学习成绩又差的学生，找个好工作看来真不容易。

我们又去了几场校外的招聘会，失望之情愈加浓烈。我没对方莹道出实情。她问我时我说联系了本市几家企业，情况还不错，只等最后通知。

那段时光是我和杜老板十分失落的日子。失落的时候需要借酒消愁，或者别的寄托。晚上喝酒是家常便饭，我们常常从 8 点喝到 12 点熄灯前。就着一盘花生米，几碟凉菜，座位底下啤酒瓶撂倒一片。再有就是打台球，只有在温暖的台球厅才会找到久违的幸福感。

杜老板用力击球，台球四散开来。间或有球进袋，杜老板会兴奋地大声吆喝，引来临桌的张望。他踌躇满志，拿起枪粉擦拭枪头，像台球皇帝亨得利一般，优雅地绕桌目测，聚精会神地瞄准，再度发力将白球击出去，他的台球气度会吸引人围观。这时候我们都很卖力地表现，水平会发挥到极致。运气好的时候会一杆清台，当然是打黑八。玩斯诺克水平差点，但也会打出连杆，最高时杜老板打出了十连击。

31

那段时间没有见到骆盈。直到4月初的一天下午。

我去餐厅楼上的文学社参加完会议，从书画协会的门口经过时看见了骆盈。她正和几个人说着什么，看见我，她招手示意我进去。我看了看墙上悬挂的书画协会的组织机构图，骆盈竟然荣升副主席一职，尽管在三个副主席中排名最末。然后是书画协会的章程，无非是无聊的套话之类，但我还是看得津津有味，直到她走到我身旁。“嗨！”她大声地惊醒我。

我们步出校门，在街道上漫步。街道其实把学校一分为二，右手边是校园，左手边是家属院，算是校园街道，是我们吃喝玩乐的“天堂”，因而十分繁华。

我问她：“那事解决了没？”说完便后悔，这明明是给人伤口上撒盐嘛！

但她毫不在意，反而眉飞色舞：“当然，不但解决了，还有意外收获。”

“什么收获？”我说，“你爸离开那女的，回到你妈妈身边

了？”

“那倒没有。”她说，“我把那妖精赶出去了。”

我听了她一五一十的述说才得知事情的原委。原来她拿那天我们偷拍的照片和她爸摊牌，威胁她爸说如果和她妈离婚的话，将得不到一分财产，因为他出轨在先，法院判决会对他不利。骆盈还搬出了她一个同学的父亲，是法院的法官，在他这儿上诉，保证让她爸血本无归！

她爸是老江湖了，岂能被她唬倒。也许是爱女情深，也可能怕事情传出去对自身不利，抑或是别的缘由，最终他妥协了，答应不和她妈妈离婚，并离开那女的。骆盈一鼓作气，提出把那房子过户到她名下，她爸也答应了。

“厉害啊！”我说，“你现在是房东了。在这儿找个工作都不容易，何况弄套房子呢！”

“呵呵，不劳而获，有啥厉害的。”她说道，“我也不是真想要这房子，只不过容不得他花钱买房子给别的女人住。”她说，“一想到这肺都气炸了！”

“呵呵，”我说，“别生气，生气伤身。”

“不提了。”她说，“说点别的吧。”她话锋一转，“想我了吗？”

“哦。”这话题过于突兀，我不知如何作答。

“哈哈，脸都红了。”她打趣道。

“这……”

“别不承认，”她说，“否则你也不会跑到四楼来。”

“我……”

我无法第一时间解释。我们文学社在三楼，她们书法协会在四楼，我何以从三楼上到四楼，这的确无法解释。我当时也是下意识的，开完会心情放松，想去四楼看看书画作品。也许潜意识里真想遇见骆盈也未必可知。

“好了，想就想呗，以后我准许你想我时就可来找我！”

“荣幸之至。”我半真半假地笑道。

第二天我便去找她了。倒不是得到她的许可，而是上次见面她给我交代的任务。她让我给她的一幅名为“喜欢”的画配一段文字。画面是长河落日、佳人凝视的场景。

第二天课堂上我灵感突发，提笔一挥而就：“我喜欢江花胜火、黄花遍地和点点远去的帆影；我喜欢皓月当空、潮打空城和夜半无人的钟声；我喜欢似水年华、芳草伊人和佳期如梦的憧憬。”

“写得真好！”骆盈举着字条念，很是开心。她快乐的情绪感染了我，我提议请她去吃饭。“好啊。”她爽快地答应了。

校外的一家小饭馆，是一对温州夫妇开的。夫妻二人虽然略略有了年龄，但都很有风度，依稀还能看出年轻时的俊朗和娟秀。杜老板的女朋友赵晓美最先介绍我们来，我带方莹来过两次。这家的饭菜很有特色，尤其是炒年糕很合我的口味。来的回数多，和老板便熟悉了。他们很热情地和我们打招呼。女老板一贯的人来熟，亲密地和骆盈攀谈，十分投缘。饭菜上来后，女老板过来问我们味道怎么样。骆盈说真好吃，比学校调剂食堂的好十倍还多。女老板很高兴，说：“江言，你这朋友人长得漂亮，嘴也甜。”她不说“女朋友”大概是知道方莹的原因。“那是。”我说，“我

们学校追她的男生从宿舍楼都排到教学楼了，哈哈。”“去！”骆盈佯怒，对女老板说：“其实我觉得你特别有气质，真的，和一般老板娘不一样，应该是个有故事的人。”女老板微微一怔，说：“你这妹子真厉害，能看到人心里去。”

骆盈的观察能力实在超强。我只是觉得老板娘风韵犹存，此外没再多想。骆盈却一语道破天机，触动了老板娘的心绪。“加个菜去。”老板娘对坐在门口的老板说。老板很顺从，应声走进厨房。“还不是因为他呀！”女老板说，“当初我父母都反对，但我还是选择了他，跟他跑了出来，和家里闹翻了……”

真如骆盈所料，女老板还真有故事。从她的讲述中我才知女老板原来是个富家的千金，她年少情窦初开时认识了现在的男老板，男老板当时只是餐厅配菜的小学徒，但她不可救药地迷上了他。为他离开了家人，私奔到此，开了这家小店维持生计。

男老板端菜出来，是盘清炒的芥兰。“送你们的。”女老板对骆盈说，“芥兰美容，你多吃点。”看来骆盈迅速赢得了女老板的好感。“谢谢！”骆盈举起饮料说，“好感动啊，现代版才子佳人的故事。祝你们甜甜蜜蜜、白头偕老！”“谢谢！”女老板拿起茶杯手足无措地和骆盈碰杯。

“一起来。”我倒了杯啤酒递给男老板。“珍惜！祝福！”我说。我说不出骆盈那般肉麻的字眼，只好这样祝愿道。

女老板看了一眼男老板：“幸亏他对我一直很好，否则我都后悔死了。”男老板憨憨地一笑。

真是一个宽厚温和的男人。虽然只有这么一个小店，但有一个美丽痴情的女人相伴，他稳赚不赔啊！我心里如此感慨道。

“你觉得他们幸福吗？”吃完饭，我们漫步朝回走，骆盈突然如此问道。

“当然。”我说。“我看未必。”骆盈说道，“那女老板显然有了悔意，你看不出来吗？”“哦？”

“一个大小姐整天围着锅台转，还要伺候客人，短时间还行，时间长了难免会烦。她会想念以前衣来伸手饭来张口的好日子。”

“好像有点道理。”我说，“这么说来他们以前的私奔毫无意义。”

“那倒未必。”骆盈说，“此一时彼一时，至少当初他们觉得彼此都很幸福。”

对于骆盈这有点奇怪的言论，我没办法反驳也不知如何附和，只好默默不语。

她也突然陷入沉思中，只顾低头走路。

“就像我爸妈，”她突然开口了，“其实一开始他们还是很幸福的，但后来就有了矛盾，一个看不惯一个，整天吵架。”

唉……

原来骆盈也有伤心的时候，我侧头看她，不知何时她的眼圈已变得红红的。

“没事，没事的。”我笨拙地安慰道。

32

按照我们不成文的约定，这周该我去找方莹了，但我没有去。我给方莹打电话，说这两周要找工作，跑跑人才市场，就不过来了。方莹说，工作是大事。我说是啊，没关系找个好工作真难！她说要不要陪你一块去。我说不了。

我承认开学来和方莹的见面少了些。并非骆盈的缘故，只是因为无法面对她对我工作落实情况的询问。眼看别人兴高采烈，而我工作之事毫无头绪，实在烦恼。

难得的一个独自度过的周末。我睡了个懒觉醒来，躺在床上看卡夫卡的《变形记》，突觉饥肠辘辘，看表都快 2 点了，遂起身洗漱完毕下楼吃饭。杜老板、郑邪几个狐朋狗友都不在，我只好独自一人。路过 21 号女生楼时，我下意识地瞄了一眼——竟然看见了骆盈，她挎着超大的休闲包匆匆地走过来。一般女生都用小巧的背包，她这包很大，乍看不协调，多看两眼却觉得很时尚。我停下脚步等她。“嗨！”她笑吟吟地站在我面前。

“干吗去？”

“吃饭去。”

“听杜老板说你每周都要会女朋友的嘛，”她笑笑，“吵架了？”

“没有。”我说。

她陪我在街道小吃店吃完饭，我陪她去她的新房子。她挎着大包，其实里面都是换洗衣服，她准备去新房洗的。她把她父亲的情人赶出去了，这间房子现在由她支配。房子在七楼最顶层，面积有100平米，她一个人住绰绰有余了。但她不住这儿，原因是害怕。

“怕什么？”我问。

“打雷的时候，屋子里到处都有响动，恐怖死了。”她说，“还有夜深人静的时候，老是会想起看过的恐怖片里的场景……《贞子》看过没？”她问。“当然。”我说。“你看电视的时候会不会担心有个女鬼从里面爬出来？”她问。“哈哈，不会的。”我说。“《乡村老尸》看过没？”她继续问道。“看过，这个倒有些恐怖，”我说，“尤其是河底那一幕，看见一队僵尸一跳一跳地走过来，要命的是里面有一个竟然是自己……恐怖死了！”

“你看那是什么？”骆盈指向窗外。我转头看过去，窗外什么都没有。“没有什么啊！”我回过头来，看见一个“女尸”吐着舌头，披头散发，双手并拢正对着我。“呀！”我一声大叫，本能地跳开去。

“咯咯咯咯……”骆盈开怀大笑。“你吓死我了。”我惊魂未定。“呵呵，你胆子这么小啊！”骆盈笑道。

她洗衣服，我看电视，晾衣服时给她搭个手。如此度过了一

个平静的周末。

晚间回到学校，在宿舍楼旁的十字路口正要告别，却被三个人拦住了去路。

“哟，我说怎么整天不见人，原来和人约会去了！”为首一人个高、干瘦，阴阳怪气地对我们说道。

“你管呢！”骆盈说道。我明白了，这或许就是骆盈的男朋友。

“我是你男朋友，怎么就不能管呢？”瘦高个盛气凌人。

“咱们早分手了，你管不着！”骆盈反击道。

“嘿嘿，”瘦高个一把抓住骆盈的手，将她掳至怀里，脸挨住骆盈的面庞，“我同意了吗？”

“当然不同意！”另外两个这时不怀好意地哄笑。

骆盈在用力挣扎，他却搂得更紧了。

“放开她！”我喊道。

“你谁呀？”瘦高个冲我嚷道。

“管我是谁，放开她！”

“靠，还来劲了！”瘦高个一把推开骆盈，摩拳擦掌地向我走来。两个同伙也作势向我包抄过来。

“别乱来，这可是我的地盘！”我故作镇静。

“你的地盘又怎样？”瘦高个仗着人多势众一把推向我胸前，我站立不稳退向身后，却被后面他的同伙推搡回来。

“敢动我马子！”瘦高个装腔作势地嚷道。

“杜飞，你敢动他试试！”骆盈冲了过来想把我拉开。

“一边去！”瘦高个一把将她拨开，“不给点颜色他不知道我的厉害……”

“啊，给谁颜色呢？”在这千钧一发的时刻，一伙人似乎从天而降，围在我身边。我一看为首的竟然是杜老板和赵小伟。哈哈，看来我福大命大，吉人天相！想必他们从外面回来，碰巧给我解了围。

“你谁呀？”瘦高个被围在中间仍然气焰嚣张。

“这儿是我的地盘，你知不知道！”赵小伟揪住瘦高个的耳朵使劲拽，疼得他只有顺着赵小伟的手势移动。“识相的话就给我滚！”赵小伟呵斥道。

“好，好，我们走。”瘦高个唯唯诺诺道。他的两个同伙被人虎视眈眈地围着，早已吓破了胆，此时赶忙接话：“大哥饶命，我们滚，我们这就滚……”

赵小伟使了个眼色，杜老板给让了个缺口，瘦高个三人狼狈地撤退。杜老板看着他们的背影喊道：“赶紧滚，下次再来我见一次打一次……”

三人走出 20 米开外，瘦高个转过身来，伸出中指晃了晃：“这事没完，你们等着瞧！”

“妈的，上！”赵小伟刚迈腿做出追击的动作，瘦高个三人转身拔腿就跑，一溜烟消失不见了。

33

周六上午最后一节课，学习委员宣布老师有事请假，大家上自习，教室里便闹翻了天。杜老板和“吻别”开始逗前排的女生玩。这女生论脸庞十分俊俏，算得上班花级别，但是行为上大胆出格，超出我们的想象。已经和不下十个男生传出绯闻了，据“吻别”说他就亲眼看见她和一男生在教学楼的树荫下接吻，看见他还和他招手。也许是酸葡萄心理，男生们喜欢和她开玩笑，无论怎样出格她都不在意。

“下午有事吗？”“吻别”问她。

“没事。”

“那咱们看录像去？”

“什么片子？”

“《赤裸羔羊》。”

“切，那是惊悚片，没劲。”

“《本能》呢？莎朗斯通演的，很带劲的。”“吻别”说。

“更没劲，那是剧情片，遮遮掩掩的。”

“那你要看什么？”杜老板插话道，“《金瓶梅》如何？”

“录像厅放的都是删减版，没意思。”

“那看什么啊？”杜老板问道。

“有空我带你俩去我家，原版的欧片，还有同性恋的，你俩有这潜质，说不定还可以模仿一下……哈哈哈。”她肆无忌惮地开心大笑。

杜老板和“吻别”面面相觑，才知掉进了圈套。

“呵呵，”我笑了笑，对她说，“这俩傻孩子，被人卖了还帮人数钱呢。”

“江言，你倒是个好孩子。”她说，“不过太可惜了，听说你和女朋友交往两年了还没那个……”

“呵呵。”我尴尬地一笑。

“人生得意须尽欢，莫使金樽空对月！”她故意大声地说，“要不要我给你培训一下？”

“不了，”我说，“我喜欢自学成才。”

哈哈，杜老板和“吻别”乐得直笑。

“笑什么呢？”我侧过头去，看见骆盈笑吟吟地站在身后。她不知何时从后门进来了。

“我爸要请你们吃饭。”

“什么，你爸？”我们面面相觑不知所以。

骆盈她爸邀请的饭局显然高档了许多，选在劳动路十字的一家四星级酒店里。

这次我看清了她爸的相貌，很富态的一个中年人。脸上荡漾

着成功人士特有的笑容，举手投足也颇有风度。尤其听他侃侃而谈一会儿，你会不由自主地对他增添钦佩之情。

“你是赵小伟，你是江言，你是杜斌吧，听骆盈说过你们。”更要命的是他竟然丝毫不差地分别报出了我们三个人的名字，这平添了我们对他的好感。

他客气地请我们点菜，我看了下菜单便心惊肉跳，那么贵的菜如何点得下去？赵小伟和杜老板和我一样，将菜单又传回到他手中。“那我就替大家点了。”他微笑着说，“有没有什么忌口的？”

“没有。”我们纷纷说道。他开始老练地点菜。看来他把我们当贵宾看待了，菜专拣贵的挑：盐烤大闸蟹、清蒸甲鱼、红烧鲟鱼……

“这次有口福了。”趁骆盈她爸去洗手间的空当，杜老板说道。

“无功不受禄。”赵小伟说，“我们又没做什么，用不着这么隆重吧？”

“就是，会不会太贵了？”我说，“随便吃点什么就行。”

“没事的，我也不常吃，要不是感谢你们，这些我也吃不上。”骆盈说，“我爸少打一次牌就够咱们吃几顿了，你们尽管放心吃。”

“呵呵，”赵小伟说，“那我就不客气了。”

“你爸有多少钱？”杜老板好奇地问道。杜老板的家庭在农村也算不错了，他想知道大城市有钱人的标准。

“我爸没什么钱，有钱也被他挥霍完了。”骆盈说，“你们都不知道，他现在已经玩起金屋藏娇了，钱都给了那女人……”

我惊讶地看着骆盈，想不到她这样说自己的父亲，言语间显

露出强烈的不满。她父亲“包二奶”这样不光彩的事情也被她轻描淡写地说了出来。

“金屋藏娇？哦。”杜老板羡慕地说，“看不出来你爸还挺牛的。”

“不过房子被我夺回来了。”骆盈说，“有空带你们去玩……”

这顿饭吃到很晚，席间宾主相谈甚欢。她爸还许诺我们毕业后可以跟他干。骆盈插话道：“人家都是正规毕业生，要找正式单位的，你那私人企业凑什么热闹啊！”

她爸只是慈爱地看了骆盈一眼：“这孩子，不管我挣多少钱，打心底里看不上我。”

“你做的事自己知道。”骆盈含沙射影地说道。

“来，喝酒喝酒。”她爸笑着岔开话题。

饭局结束，她爸说有事要和赵小伟、杜斌单独谈谈，让司机送我和骆盈先回学校。

是辆黑色的帕萨特，司机殷勤地拉开车门。骆盈和司机看起来很熟悉，她说：“放首歌吧。”

“好嘞。”司机从抽屉里摸出一张碟片放上，音乐响起，是熟悉的歌曲《追梦人》，然后是罗大佑的《皇后大道》……

“我爸最近还和那个女人来往吗？”我正沉浸在美妙的音符中，突然听见骆盈这样问道。

“不清楚。”司机憨厚地笑笑，“老板的私事，肯定不会让我知道。”

“那他最近还赌博吗？”

“上周还赌过一次。”司机说，“不过输的不多，有几千块吧。”

……

一边是老板，一边是老板千金，司机显然左右为难，只能寻找平衡，谁也不能得罪，他只能拣无关紧要的说。所以骆盈最在意的“那女人的问题”未能得到确凿的消息，她陷入了沉思中。我则关心骆盈她爸单独留下赵小伟和杜老板是何用意，莫非他要利用赵小伟出面给他要债去？一想又不对，依骆盈她爸的派头，肯定是黑白通吃，怎么会让赵小伟这样的毛头小伙办事呢？

下车后我问骆盈，她说她也不知道。她说她只是无意间说了男友来学校捣乱，赵小伟他们给解决了的事，她爸才决定请我们吃饭答谢我们的，其他的真不知道。

34

第二天，我早早起床，坐第一班6路车去工大找方莹。上周日没见，中间跨了两周，真有点想她。因是周末，6路车上乘客寥寥，到市内高峰时也不过八九个人，简直成了我的专车。我心情愉悦地浏览过往的街景，一晃工大便到了。

公交车道边停着几辆大巴，大巴身上写着“×× 旅游公司”的字样，像是组织春游的车辆。司机不停地按喇叭，大巴靠边挪了挪，6路车这才顺利地驶到前方站牌的位置停下。看来司机是个爱岗敬业、遵纪守法的好公民。其实停在大巴后面未尝不可，但他还是很认真地将车挪到站牌位置，很标准的停车！我下了车后，看了一眼大巴。

“江言！”有个女孩向我招手。

“哦。”我循声看过去，是方莹宿舍的周岚。

“你怎么在这儿？”我走了过去。

“我们系里组织春游。”她惊讶地说，“方莹没告诉你吗？”

“没有啊！”我说。

她“哦”了一声，突然招手道：“方莹，你看谁来了？”

方莹和一男一女走了过来。看到我，她也露出惊讶的神情。“她没告诉你吗？”她说，“昨晚我打电话让你们传达室的阿姨给你带话，说我们今天要去春游，她没告诉你吗？”

“没有，她可能忘了。”我说，“没事，你们去玩吧，我再回去就行。”

“那怎么行，大老远的再回去。”周岚接话道，“一块去吧！”

“不好吧？”我说，“你们系里组织的活动，我瞎掺和像什么。”

“没事，”方莹发话了，“也有人带朋友的。”

“就是，我们这还是领导家属，更没问题。”周岚笑说。

“算了，”我说，“你们去吧。”

“唧唧歪歪的像个男人吗？”周岚说，“走吧。”她不由分说将我推上车去。

我和周岚坐在后排，方莹和我们说了会儿话，回到前面去了。通过周岚的讲述，我才知道方莹刚刚被选上系学生会的宣传委员，算是系里的学生领导了。难怪要跑前跑后地忙碌。

她拿着本子和笔，站起来清点人数，手里的圆珠笔一顿一顿地计数，样子煞是可爱。核对无误后她和前排领导模样的男生说了句什么，男生吩咐司机开车。

车行了一会儿她走过来给我和周岚递过来面包和矿泉水。

“当领导了啊。”我冲她笑笑。

“回头再说。”她笑笑，“领导在呢，我得到前面去。”

她没坐过来我其实并不在意，作为活动组织者之一，她应该

到前面去，我这样安慰自己。

车驶离了市区，繁嚣的街道、高楼渐次消失，映入眼帘的是片片的绿色——树木快速掠过的绿色身影，田野里是麦苗随风起伏的绿浪，远山如眉黛隐隐约约。学子们的心情顿时愉悦起来，车厢里的气氛也逐渐活跃起来。

有个打扮时髦的家伙凑过去和方莹说话，方莹礼貌地回答。这家伙是个话篓子，很是健谈，见方莹爱理不理，他扭头和后排的女生说话："给你们出个脑筋急转弯吧。"后排的两个女生说："好啊，好啊。"

"动物园内，大象鼻子最长，那第二长的是什么？"

"老虎。"

"错。"

"长颈鹿。"

"错！"

"小象嘛，这都不知道。"

"第二题，请注意听，梁山伯和祝英台变成了一对比翼双飞的蝴蝶之后怎样了？"

"飞走了，从此过上幸福的生活。"其中一个女生回答道。

"错，你花痴啊！"

"被一个小孩拿网捉住，装在瓶子里缺氧死掉了。"一男生抢答道。

"你有严重暴力倾向，应该做一下心理测试……"

"答案，答案，快说答案，有人按捺不住了。"

“哈哈，答案是——生下一堆毛毛虫！”

“切……”

“继续继续！”车里的学子们被他的讲述吸引住了。

“听好了！”他故意清清嗓子，继续讲道，“森林里的小白兔迷路了，她走啊走，碰到了小灰兔。小白兔就问：‘哥哥你能告诉我回家的路吗？’小灰兔说：‘好啊！你让哥哥乐呵乐呵我就告诉你。’于是小白兔就让他乐呵乐呵啦。然后小灰兔让她往左走。小白兔走啊走，没有找到家，又碰到了小棕兔，小白兔又问：‘哥哥你能告诉我回家的路吗？’小棕兔说：‘好啊！你让哥哥乐呵乐呵我就告诉你。’于是可怜的小白兔就又让他乐呵乐呵了。小棕兔让她往前走。小白兔走啊走就到家了，回家后就生了一个小兔子，你们知道小兔子是什么颜色的吗？”

“什么颜色啊？”另一个女孩问道。

“我问你们呢。”那个侃侃而谈的家伙在吊大家的胃口。

“到底什么颜色啊？”方莹侧过身来好奇地问道。

“你让哥乐呵乐呵我就告诉你！”那家伙笑着冲方莹不怀好意地说道。

“下流！走开，走开。”方莹醒悟过来，尴尬地转过身去。

“哈哈哈。”那家伙心满意足地起身回后排他的座位坐下。

“干什么！”他突然发出惊恐的尖叫，这不奇怪，任何遭到突然袭击的人都会发出这般惊恐的声音。这是因为，我悄然走到他身边，用装满水的矿泉水瓶子狠狠地向他的头上砸去……

后来的情形可想而知。矿泉水瓶自然砸不伤人，却伤了他的自尊。他起身和我扭打在一起，还好被人拉开了。

好好的旅游就这样被我毁了。我的举动伤了方莹的面子，她是系里的学生领导，是活动的组织者，结果她男朋友在她眼皮底下先动手打了人，这是她无法接受的。

一路上她默默地不说话，下车后她也不理我，躲得远远的，和那帮学生会的领导忙前忙后。倒是周岚好心地安慰我，说那家伙欠揍。

事实上我也窝了一肚子火。我明明是她男朋友，她却不坐过来！这姑且不说，她非要插话问那家伙答案，结果中了圈套。这一点让我非常生气！原本她在我心中是个稳重的女孩，现在我有点动摇了，为她的不自重而生气。现在想起高三时她频繁转过身来向班长请教问题时火热的情形，气便不打一处来。

于是，爬山途中我不顾周岚的阻拦，执意下山，坐旅游公交车孤身返回市里。

35

这次未遂的旅游，我很快就补上了。不过，是和骆盈。

旅游事件之后，我和方莹陷入了冷战。有一个月的时间，我没有去找方莹，方莹没有来找我。彼此间连个电话都没有。她觉得她没面子，我觉得我受到伤害，反正各自都有理由。

5月末的星期六早晨，骆盈在教室找到我，问我愿不愿意和她一块出去玩。我正感到无聊，便一口应允。

1点钟，我按照约定在学校南门外等她。过了十分钟她还未出现。我正在探头探脑四处张望的时候，一辆黑色的轿车停在我身边。车窗摇了下来，骆盈坐在驾驶位上向我示意："上车上车。"

"你会开车？"我惊讶地问。我认出了这是她父亲那辆黑色的帕萨特。

"当然！"骆盈说，"安全带。"

说实话，我是第一次坐轿车，安全带怎么也系不上。骆盈侧身过来给我系上。

果然是新手，刚起步就熄火，她吐吐舌头再次发动，猛力给油，车猛地蹿出去。虽是新手，她却开得很猛，惹得旁边的车频频给她按喇叭。骆盈戴着墨镜，秀发飘飘，很是惹眼。过十字等红灯时频频有人探出头来欲搭话，但看到座位旁是一男士，大都自觉没趣，尴尬地缩回头去。“哈哈！”我乐得笑出声来。

“笑什么？”她问。

“这么漂亮的美女，结果旁边有人，他们一定失望极了。”

“是吗？”她侧了下头，得意地问我，“我美吗？”

“当然。”我说。

“和你女朋友比，谁更美？”她故意问道。

“哦，”我略略迟疑，“两个风格，她是山水画，你是油画，各有千秋。”

“你喜欢山水画还是油画？”她不依不饶。

“都喜欢。”我说。

“呵呵。”她笑道。

半小时后，我们从闹市杀出，帕萨特平稳地行驶在乡村大道上。较之城市，乡村其实是更有诗意的地方。迎着5月的春光，放眼望去，蔚蓝的天空下是连绵起伏的淡绿的或黛青色的山峦，沿途低矮的树丛像青翠欲滴的绿毯，层层叠叠地铺满斜斜的山坡，一边的村庄梧桐粉映，荷叶田田。打开车窗，路边的油菜花香夹着青草香气的风扑面而来。道路两旁初长成的树木，像绵延的卫兵笔挺地站立着，似乎永远都看不到头。此情此景，也只有“人在画中行”才能描述。何况还有车里音乐的声音，如天籁般的古

筝的声音，似乎是《高山流水》，又好像是《二泉映月》，也可能是我叫不上来名字的音乐。

好美的景致！此情此景，的确让人心旷神怡。

车行了大约三个小时，拐入一片繁华的街区，人、车又密集起来，方莹说这是她们的市区，但我们没有停留，车从市中心绕过一个鼓楼样的宏大建筑物，再次直行，约莫半小时后来到一个小镇上。风景几乎没什么变化，只不过多了一条河，河水清冽，有半大不小的孩子在河里戏水。

从小镇的邮电所旁边向左拐，柏油路不见了，取而代之的是一段窄窄的土路。帕萨特缓缓前行，大约有500米的样子，拐进了一个院落里。

“这是什么地方？”我随她下车来，疑惑地问她。

“我家啊。”她笑笑，开始喊叫，“奶奶，奶奶！”

一个老太婆端着簸箕从屋里走了出来。“是盈盈回来了！”老太婆很高兴地叫道。

“这是我同学。”骆盈介绍道，然后拽着老太婆的胳膊，脸亲昵地贴在上面对我说，“这是我奶奶。”

“奶奶好！”我愉快地叫道。

“好，好，来屋里坐。”她奶奶高兴地招呼道。

原来骆盈带我来的是她奶奶家。这其实是她出生的地方，也是她最早的家。她和父母、奶奶在这儿生活了十几年，后来她父亲做生意发达了，在市里买了房，搬到市里去住。再后来，她考上了大学，她父亲把生意也做到省城，开了公司。但她奶奶不愿

意跟他们走，一直住在这里。她母亲留下来照顾奶奶，所以还在市郊的一所中学当老师。也可能是两地分居的缘故，她父母的感情渐渐变得淡了。

说起父母的时候，我才从骆盈眼里看出淡淡的哀伤，除此之外她一直是快乐奔放的。不过这种愁绪没有持续几分钟，她便说："来，看看我们的家业吧！"

她带我从后门出去，眼前是一片茂密的竹林，有的有碗口粗，有的只有手腕细。抬头望上去能看见竹叶间斑驳的阳光。地上随处可见刚长出来的竹笋，有的刚冒出头，有的胖嘟嘟长出老高啦。竹林间是条蜿蜒的小路，一路斜斜伸展开去。偶有斜叉分出去，是行人踏出的小路，延伸到远处忽然不见了。

"这么多竹笋！"骆盈欢快地嚷道，"咱有好吃的了。"说罢，她动手拔起一根。

"这不好吧！"我担心地说，"没人管吗？"

"我家的呀！"她说。

"你家的？"我不解。我目测了，这整片竹林少说也有好几亩，应该是村上的集体财产才对。

"哈哈，震撼了吧？"骆盈爽朗地笑了，"我家从前是地主，地盘大着呢……"

"地主？"

"不过是开明的地主家庭，我爷爷参加革命牺牲了。"她停了停说，"后来分田到户政府把这片竹林还给我奶奶了。"

"哈哈，那还等什么呀，拔呀！"我弯下腰，拽住胖嘟嘟的

竹笋用力拔出。

一会儿就拔出了十来棵，我折下金银花的藤蔓将它们捆扎好，提了回去。

骆盈的妈妈回来了，和她奶奶在厨房里准备食物。她母亲是个端庄的女人，话不多。我和她打招呼，她只是简单地应了一声，再没有多余的话。

吃饭时，她突然发话了：“你怎么开车回来了，不是说正在学车吗？”骆盈说：“理论和场地都过了，就剩下路考了。”

我诧异地看着她：“原来你没照啊！”

“哈哈哈，害怕了吧？”她开心地笑了，“其实没事，咱又不去闹市，没警察。”

“这孩子从小就惯坏了，天不怕地不怕的。”她妈妈说。骆盈顽皮地伸了下舌头。

饭菜很香，尤其是韭菜炒鸡蛋、木耳肉丝，还有我们的酸菜炒笋，都是特色的家常菜肴。

“好吃！”我由衷地赞叹道。

“多吃点。”她奶奶热情地给我和骆盈夹菜，每个菜夹一点，碗里菜就垒成小山状。

“吃不了了。”骆盈说。

“你和盈盈一个班？”她妈妈突然问道。

“不是，一个学校的。她七系，我三系。”

“哦。”她略略停顿了一下，又问道，“你家是哪儿的？”

“陕南 × 县。”我说，“我们那儿的茶叶很有名的。”

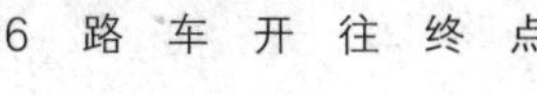

“你父母做啥的？”她继续问道。

“工人。”我说。

她还要问下去，被骆盈阻止了：“妈，干吗呀，还让人吃饭不！”

“呵呵！”她妈妈尴尬地一笑，“这孩子……”她是个略显忧郁的女人，这难得的笑容像阴霾的云层中突然透出的一丝光亮，转瞬即逝。

晚饭后，骆盈做向导带我绕着村子走了一大圈，又下到小河边上。河面很开阔，但水流很贫瘠，被高高隆起的河谷分成两半，缓缓地流动着。许多人在河里洗浴。小孩光着屁股在浅处跳来跳去，男人们光着上身纵情游着。女人们在不深不浅的地方站着或说话或撩水玩。

“下河游泳去。”我提议道。

“没带泳衣怎么游啊？”她说。

的确，一看到河水我“游”兴大发，但总不能像小时候光着屁股游吧？我不禁哑然失笑。

夜幕慢慢降临了，青蛙的叫声此起彼伏。我扔进石子在池塘里惊扰了它们的鸣奏，但瞬间它们便弹奏如初。如此周而复始，我不得不缴械投降。

如果不计较蚊子的袭扰，乡村的星空是绝美的景致。骆盈奶奶在院子里点起艾蒿，轻烟便四散开来，蚊子似乎少了不少。我和骆盈辨认起北斗七星来。

时至月末，月亮被蚕食得剩下多半边，光亮和满月时差得很远，星空的光亮自然不足，所以我们只能睁大眼睛辨认北斗七星

的模样。

“在那边，在那边，那三个连成一线的是它们的‘柄’……”

“错了，错了。”我说，“春天斗柄朝东，夏天斗柄朝南，秋天斗柄朝西，冬天斗柄朝北。现在是夏天，斗柄应该朝南才对。”

“是吗？”骆盈在我的指引下重新寻找，不一会儿便如获至宝地宣布，“找到了，找到了！”

我顺着她指的方向望过去，果然看见了暗淡的北斗七星的轮廓，像把勺子静布夜空。

“把北极星斗前二星连线，并朝斗口方向延伸约五倍距离即可找到北极星。”我说。

“是吗？”骆盈说，起身仰起头朝星空看。

“没有啊。”她说。

我也抬头仰望星空，大概是北极星过于暗淡的缘故，我们寻不到它的踪影。

“北极星，你在哪里？”骆盈大声喊道。

受她的感染，我也双手指尖相抵，手指弓成筒状，朝星空喊道：“北极星，你快出来……”

那个晚上，我做了些奇怪的梦。我梦见我和骆盈在乡间的田野上四处奔跑，周围盛开着不知名的花。我们在竹林里嬉戏，她藏起来让我找，但我怎么也找不到。突然方莹出现了，她在竹林里安静地走着，我叫她她不答应，我想追赶上她，但无论怎样用劲，都迈不开步子。我愈急愈无法行动，最后眼睁睁地看着她消失在竹林深处。最后谁都不见了踪影，我孤独地在竹林里行走，耳畔

听见有人在朗诵苏轼的那首词：“莫听穿林打叶声，何妨吟啸且徐行。”“回首向来萧瑟处，归去，也无风雨也无晴。”奇怪只有这两句，非常清晰。

我猛然醒来，发现右手搭在胸口，难怪会做这样奇怪的梦。

我再无睡意。窗外一片寂静，偶尔有三两声虫子的低鸣。我想起了方莹，竟然有种透心的疼痛：“那天旅游她为什么不和我坐在一起？”“她为什么那么不自重，掉入别人的圈套自取其辱？”“她为什么一直不肯给我？”

质疑排山倒海般，一浪一浪向我袭来。我如一叶小舟，翻来覆去不知所以。

……

36

除去那个梦境，总体来说这是个十分愉快的周末。

吃过午饭，我和骆盈悠闲地驾车回到学校时，才知道发生了一件大事，竟然和她有关。

“你没见，场面有多壮观！”杜老板自豪地向我们讲述道。

“杜飞带了不到 30 人，本以为很厉害了，不料我们去了 70 多人。”杜老板说，“这阵势还打什么啊，杜飞撒腿就跑，被我们打得落花流水……”

“什么？你们打群架了？”我和骆盈异口同声地问道。

杜老板不是个好的叙述者，我梳理了他的逻辑，这才明白了事情的原委。

还得从上次杜老板和赵小伟碰巧给我们解围说起。杜飞狼狈而逃，他将对骆盈的怨气转嫁到赵小伟身上。这期间还过来挑衅过两次，没占到便宜。但这种偷鸡摸狗式的挑衅让赵小伟很恼火，言辞上抨击杜飞不是个男人，杜飞受到激将，便答应光明正大地进行决斗。但杜飞的身板哪是赵小伟的对手，于是他提议可以找

帮手，人数不限，依他的原话说是："有本事你就多带些人……"

决斗的时刻定在昨天下午，在离科大两站路的沙井村一处荒置的空地上。这里计划搞房地产开发建楼来着，早早被圈了起来，但可能是开发商资金吃紧的缘故，迟迟不见动工。两年时间，这里荒草丛生，早先还有个看门老头，后来拖欠工资连老头都不来了，一把铁锁锁住大门了事。没人看管，围墙不知何时被弄出了个很大的缺口，可以自由进出。这里偏离正街，周围是村庄，不用担心警察会来，因而是"决斗"的好地方。

杜飞带人早早来到这里勘察地形，酝酿情绪。他带了二十七八个人，都是些学生中打架斗殴的好手。他们肆无忌惮地大肆诋毁对手，说轻而易举地将他们打得屁滚尿流。

然而，当他们看见对手的人马从围墙缺口源源不断鱼贯而入的时候，他们傻眼了。被三倍于自己的人马密集包围，其中不乏虎背熊腰者，我敢说任何人都感到恐慌。

"快跑！"不知是谁带头喊了一声，被包围者起了骚动，他们疯狂地向围墙缺口处涌动。通道其实早就计划留给他们，抵抗并不强烈。他们冲开一条通道，瞬间四散开去，落荒而逃。

杜飞没能幸运地逃脱，他被生擒了。他惊恐万分，一个劲地求饶，他甚至跪在地上。

"还来捣乱不？"赵小伟声色俱厉地威逼道。

"不敢了，不敢了。"

"以后你敢来科大一次……"赵小伟接过杜老板递过来的一根铁棍，双手用力一折，铁棍竟然弯成"U"形。其实那只是道具。

面对黑压压的一群大汉，杜飞早已吓得脸色煞白。

“不敢了！不敢了！我错了！饶命，饶命……”他语无伦次地求饶道。

“还不快滚！”杜老板说。

杜飞瞄了一眼赵小伟，爬起身飞快地蹿了出去，生怕他反悔。

大伙从缺口里出来，隐隐看见有几个人朝这边走来。

“警察，快撤。”赵小伟说，一群人迅速分成几拨，散了开去。

“你们从哪儿找了这么多人？”我惊讶地问杜老板。

“你们老乡啊！”他说，“你们县城的老乡几乎都来了，赵小伟组织的。你的情敌也来了。”

“情敌？”

“刘杰啊！”

呵呵，他指的是追过方莹的银行学校的刘班长。

“你怎么也跟着混去了？”

“又不真打，凑个数嘛。”杜老板对骆盈说，“你爸交代过的，不要伤了杜飞。”

“什么？”骆盈不解。

“上次吃饭，还记得吗，你爸单独把我和赵小伟留下了，交代让我们不要伤了杜飞，因为他是他朋友的儿子。如果他太过分，吓唬吓唬就可以了。”

原来如此。

“你爸其实希望你和他好来着。”杜老板说，“上次他还专

门问江言的事呢。我说江言有女朋友，他才放了心。”杜老板这话很突兀，弄得我有点不自在。

“他管！”骆盈说，“我偏要和江言好，气死他！”

“呵呵！”杜老板笑了。

“我听说他爸是你们那儿的副市长呢！”杜老板羡慕地说道。

“副市长怎么了？我不稀罕，何况他只是副市长的儿子。”骆盈说道。

“那是，那是。人各有志。”杜老板说。

“其实你们不知道，我爸这人只为自己想。”骆盈说，“我跟了他，我爸的业务会不断扩大。我要不听他的，他担心我会坏了他的生意。你们说，有这样拿自己的亲生女儿做交换的吗？”

“是这样啊！”

“杜飞还是我爸介绍给我的，开始还勉强能处，后来实在处不下去了。春节时我提出分手，他竟然把我绑了整整一天。后来我要报警，还是我爸求我才算了的……”

“啊！”我惊叹道。

“小骆同志，你受委屈了。”杜老板一本正经地说，“我代表党和人民给你郑重道歉！”

这家伙什么时候懂得幽默了。

“去，去，少拿我开心。”骆盈笑道。

“呵呵……”

“你说，他们是为我械斗，近百号人耶。”骆盈表达出这样的想法。

“那是，”我说，“冲冠一怒为红颜，不容易啊！”

“呵呵。”

“是不是很开心啊？”我说，“近100个男生为自己打架，我敢说99%的女生一辈子都不会有此待遇。看来你还是挺有魅力的。”

“还要谢谢你呀，他们都是你的朋友。”想必她指的是赵小伟和杜老板，“我请他们吃饭好吧？”

“当然好。”

她笑吟吟地看着我。整个下午，她就像得到礼物的幼儿园傻女孩，一直傻笑个不停。

不过，我可高兴不起来。我的昔日情敌刘班长也参与了斗殴，他会很容易知道我和骆盈的事，除非太阳从西边升起，否则他一定会屁颠屁颠地告诉方莹，虽然我们在冷战。

“想什么呢？”骆盈问我。

“问你个问题。”我说，“假如有个男孩为你在公开场合打了别人，你会怪他吗？”

“当然不会！”骆盈说，“他为我打人，说明他喜欢我，我高兴还来不及呢，怎么会怪他呢！”

这问题其实不用问就知道答案，看骆盈这么高兴的样子，她如果是古希腊的海伦，她巴不得全世界为她而战！

但是，方莹为什么就不高兴了呢？

“如果，我是说如果你不高兴，这会是什么原因呢？”

“很简单，我不喜欢他呗！”她随即补充道，“哪有因为喜

欢的男生为自己打架而生气的！”

“是吗？”我心底猛然一颤，她竟然给出这样的答案，让我胸中波澜顿起。

难道，一切都是假象，真如骆盈所说，方莹并不是真的喜欢我？

“这……”我心潮起伏，一时难以平静。

“哎，哎，想什么呢？”骆盈伸开五指在我眼前晃悠。

“没事。”我说，“你该请杜老板和赵小伟吃饭。”

“什么时候？”

“现在。”我说，“刚好我也想喝点酒了。”

“那好。”她说，“×× 酒店怎么样？”

“不用这么高档次，门口那家温州菜馆就行。”

“好嘞！”

37

整整一个下午我都在给周岚打电话。

遗憾的是她一直不在，直到晚饭时她才接上。

“江言，是你啊，我以为是谁呢。”

“还以为是男朋友吧？”我开玩笑道。

“你怎么一直不过来？”

“她不是一直生我气吗？”我说，“真是莫名其妙。”

“女孩家嘛，生生气是正常的。”她笑道。

“她这两天咋样？”我问道，“还生气着吗？”

“反正情绪一直不太好，”她说，“你还是亲自过来道个歉为好。”

“道歉？”我反问道，“你觉得我错了吗？”

“这种事没有对错。”她说，“每个人的想法都不同，你不能强求。”

“反正我觉得我没错！”我说。

“那你打电话过来干吗呢？”她说。

“这不，想打听点情报。”我笑道，“堡垒易从内部攻破嘛。”

“呵呵！”她笑了，“方莹这人重面子，你还是亲自过来认个错比较好。”

“再说吧。”我说。

“那好，我帮你做做工作。”她说，“你这家伙身在福中不知福啊！”

“多谢多谢。”我笑笑。

“嘟嘟……”电话挂掉了。

“去给方莹道个歉？”一个声音说道。

“不行，明明没有错，道什么歉！”

“其实她不喜欢你，”骆盈的声音，“否则她绝不会生气，相反还会高兴的。”

“可是，我们一直相处得很好的。”又有一个声音从心底冒出。

“哈哈，她一直不肯给你，这是为什么呢？当然不是很喜欢你所以才有保留啊，傻瓜！”另外一个声音反驳道。

我躺在床上思绪万千，难以入睡，书也看不进去，遂爬起身来看杜老板他们“飘三页”赢饭票玩。

这是本地的一种扑克牌游戏，和港台录像中风靡的乔豪斯差不多。三张一样的“豹子”最大，其次是清一色、顺子、对子，杂色2、3、5最小。为了增强趣味性，规定杂色2、3、5专吃“豹子”。

“来来来，发牌，让你们见识一下兄弟的牌技。”我顺手抓

起底铺山东室友的墨镜戴上，做出赌神周润发的派头，一边环顾四周：“巧克力在哪儿？”没有巧克力，杜老板点上一支烟给我塞进嘴里。

“发牌，发牌。”我嚷道。

“黑五个。”我掏出五张饭票扔进去。

“跟上！”杜老板不甘示弱跟了上来。有三个人拿起牌看了看扔出饭票跟上。

“再黑十个。”我的蛮劲上来了。心里本来不舒服，见有人挑战，顾不了许多了，大不了输了这个月跟杜老板混。

杜老板看了看牌：“切，AKQ 顺子，我不跟了。”

后面三家不动声色地跟上。

我拿起牌，学赌神的样子一点点地搓开。“20 个！”我翻开钱包抽出 20 张饭票扔进去。

下家拿小同花的弃权了，他将牌翻开摔在桌上，10 打头的一个小同花。“切，这么小，还不早扔。”杜老板说道。

另一家毫不犹豫地跟上。还剩一家拿起牌让旁边人参谋了一下，还是跟上了。

“再 20。”我示意杜老板给我援助。杜老板从桌前的饭票里数出 20 张扔了进去。他担心地想看我的牌，被我阻止了。

“你们有种，妈的，同花顺我也不跟了。”对面宿舍的广东崽猛地把牌摔在桌上。

只剩下来自祖国首都的北京同学，他留着小分头，操着一口流利的京腔说道：“哥们儿不信邪，开牌，莫非你是三条 A！”

“三条K！”他将牌用力摔在桌上。全场人都把目光投在我身上。我说：“当然不会是三条A，但是会比三条A更让你伤心。”

“我来，我来。”杜老板拿起我的牌装模作样地摔在桌上，口中念念有词，“三条A！”

其实一条A的影子也不见，牌打开后，映入眼帘的是普通的杂色2、3、5。除了最后开牌这“豹子”，此前任何一人和我开牌我都将提前出局。但是，人人都被我的气势折服，当然我这都是方莹害的，正所谓情场失意，赌场得意。“哈哈！”我乐得笑出声来。

“真有你的，江言！”杜老板帮我数赢来的饭票，抽出替我垫的20张，顺便多拿了20张作为分红。

“哈哈哈，老虎不发威，你以为是病猫啊。”我沉浸在胜利的喜悦中，突然有人用力捶门：“开门！”有校派出所外聘的联防队员探着头从门框上的玻璃向里恶狠狠地喊话。

我们面面相觑，站着不动。杜老板撒腿就向阳台上飞奔，可奔过去傻眼了：我们宿舍在三楼，离地面太高，何况楼底下还站着个警察向上张望。

杜老板只好悻悻地退回。“回来，朝哪儿跑，过来开门！”联防队员的注意力立刻转移到杜老板身上。杜老板只好上前将门打开，遭到了联防队员啪啪两个耳光的惩罚，看得我们敢怒而不敢言。随即我们七名参与者被带到校派出所做笔录。

我们被分别审讯。人证物证俱在，我老老实实地交代，不过还是心存侥幸。“赢饭票不算赌博吧？”我辩解道。“都是有价

票券，你说是不是？”警察反问我。接下来录口供，在两页纸的笔录上按指纹，在警察写错后改正的地方也要按。折腾了老长时间才重获自由，警察让我们回去等候处理。

第二天我找了校综治办主任。我的一篇文章参加综治办主办的法制征文大赛获得二等奖，领奖时见过他一面，我在他心中印象颇佳，在他的说情下，我们每人写份检查，罚 50 元完事。

38

被人弄进派出所实在不是什么光彩的事。遇到熟人提及此事，我只有唯唯诺诺尴尬地笑笑。

所幸5月很快过去，6月来临。

早上醒来，我蹦上对面河南小子的床，迫不及待地将他墙上的大幅挂历翻到6月这一页。他不知从哪儿弄来的，5月的画面上是一搔首弄姿的红毛女子，眼光迷离，腥红大嘴似笑非笑。一睁眼她就盯着我看，令人毛骨悚然。还好6月的画面顺眼些，一个金发美女做出自我欣赏状，眼光扫向内侧。河南小子被我惊醒，睡眼惺忪地看了看那金发美女，一本正经地说："看什么看，没见过帅哥吗？"说完倒头再睡。这个不太幽默的冷幽默，当然没人笑。

5月可以称为春日，阳光明媚，气候适宜。6月就稍稍有点过了，较之5月有些炎热，空气中满是焦虑的味道。

终于迎来了我们翘首期盼的毕业生招聘大会。此前的几场招聘会规模小，这次是最后一次，规模大，参加的单位多。我们必

须抓住这次机会，签下合适的单位，否则只有自己想办法了。

招聘刚开始，我和杜老板便迫不及待地冲了进去。先是绕场查看一番，收集招聘我等专科生的单位信息，再做决策。遗憾的是竟然没有一家本市的单位对口。它们无一例外要求本科文凭！转了两圈后，我和杜老板沮丧地商量对策。

“看来，只有农村包围城市了！”杜老板说。

“什么？”我问道。

“此处不留爷，自有留爷处！”杜老板说，“咱们只有签外市了。”

“那还等什么！”我说，“再等，外市都没有了！”

我径直走向一家用人单位的展台前，这是临近城市的一家国营大厂，距离省城也只有 40 分钟的车程。刚好宣传部想招一名干事，要求计算机专业。我的专业成绩虽然平平，但是得知我能写文章还多次获奖，招聘负责人大喜，立刻和我签约。

OK, 大功告成！我估计了一下，用时五分钟。

我将他们盖好章的签约书交到招聘现场的学生就业处。他们到时会给我发派遣证，我只需报道就可。

“我签了。”我问杜老板，“你呢？”

“还没。”杜老板满脸愁容，“这些王八蛋，都说我成绩太差。”

杜老板年年补考，成绩单上 60 分随处可见，而且他长相鲁莽，给招聘单位留下不太好的第一印象，所以被好几家无情地婉拒了。

“跟我来。”我带杜老板来到我签约单位的展台。

“贺总，”我毕恭毕敬地说，“咱这儿还要人吗，我同学也

想来咱这儿。”

贺总接过杜老板的简历翻了翻，皱着眉头说：“计算机专业我们只要一个，已经和小江你签了，你还是去别的地方帮朋友看看吧。”

“谢谢贺总！”我礼貌地说道。

“嗯！”贺总叮嘱说，“记得按时报到。”

“误不了。”我说。贺总的叮嘱也许是职业习惯，我却立刻感受到了组织的温暖。管它在不在本市，有个单位的感觉真的太好了！

幸亏我动手早，外市的岗位飞快地被人占据，到杜老板时竟然没剩下一个！

杜老板沮丧地在会场乱转，失望之情溢于言表。

在会场我俩还碰见了杜老板的朋友帅猴。他签到本市一家知名的通讯公司了，我想起来了，郑邪也到这家公司了。不同的是，郑邪是通过关系进去的，帅猴是本科，加之人长得精灵，能说会道，很顺利地签约了。

工作有了着落，心口一块石头落地，顿感无比轻松。我感觉天气不再那么令人讨厌了，相反还能闻到飘过宿舍窗前的玉兰花怡人的清香。

我和骆盈又见面了。这次是我主动请她吃饭，她说去调剂食堂吧。第一次见她就在那儿，所以对她的提议我双手赞成。

调剂食堂的饭菜味道越来越好了，大概是我心情好的缘故吧。

“我到 × 市了。”我说。

“好啊，哪儿都一样。× 市我去过，开车半小时就到，很近的。”她说。

“咱们专科在本市没市场。”我说，“人家都要本科，除非你有关系。”骆盈其实也是专科，但低我一级，因而不用考虑工作的事。何况有个呼风唤雨的父亲，什么样的工作她恐怕都会得到。

“其实工作很自由的，现在好多人不要分配的工作，辞职了在外面闯呢。”她说，“以后你觉得不好可以辞职呀。”

“是吗？”我说，“我还没这么大的魄力。”

“慢慢来。”她说，“什么时候报到？”

“8 月 1 日。”

“好啊，到时我开我爸的车送你去，顺便看看那儿的景色。”

“我代表 × 市人民欢迎您。”我笑说，“不过，开车过去太招摇了吧？人家会以为我傍上了富婆，这不好吧？”

“你才富婆呢，我有那么老吗？”骆盈急了，“你可以说我是你姐……”

“我妹还差不多。”我说，“这么小还想当人姐。”

“ 嘻嘻……就当，就当。”骆盈笑盈盈地说道。

从调剂食堂出来，穿过两排宿舍楼，迎面便是闻名遐迩的小花园。花园里树木葱茏，最边上是一排云杉，再里是白色玉兰，还有观赏性的粉色樱花。人行通道是长长的走廊，常春藤茂盛的枝蔓顺着走廊顶部的铁架子爬开去，将顶部遮得严严实实。加之周围密集的落叶松的帮衬，走廊成了炎炎夏日的纳凉胜地，走进去凉意便扑面而来。

我们找地方坐下来。不远处是一个戴眼镜的斯文男生，靠着走廊的柱子，书盖在胸前睡着了。还有两个女生在窃窃私语。过分点的要算斜对面的一对男女，做着恋人常有的功课，毫不避嫌。后来又有一对加入，他们此消彼长，暗中较劲，就算行人经过也丝毫不受影响。

我和骆盈说了一会儿话，后来实在看不下去了，只好逃之夭夭。

“江言，你脸红什么？”骆盈边走边问我。

“你才脸红了呢。”我尴尬地笑道。

39

“床前明月光——想起梅艳芳！”

“降龙十八掌——送你去香港！”

哈哈……

周六晚上，我正在宿舍听杜老板和郑邪胡诌，忽然有位陌生男生站在门口喊：“谁是江言，电话！”

我飞速到一楼传达室。所幸电话还没被挂掉。

“喂，”我说道，“谁呀？”

“我，周岚。”电话那头说道。

“呵呵，是你啊！”我笑道。

“还以为是方莹吧？”她说。

“呵呵。”我尴尬地笑笑。

“你们怎么回事，现在还僵着？”她说，“这样下去迟早会出事。”

“她怎么想的？”我问道。

“还想不开呢。”她说，“你应该过来道个歉。”

“我又没错，道什么歉！”我说。

“爱来不来！”周岚有点不高兴，“追方莹的男生多得是，你可不要后悔！”

“凡事随缘！”我说，“他们追去吧。”

“不领情就算了！”周岚说，“懒得理你！”说完她猛地挂断了电话。

我慢腾腾地上楼，杜老板和郑邪跑到别处显摆去了，宿舍空无一人。我上床躺下，拿起那本《飘》翻看。周岚打这个电话是什么意思呢？难道是方莹授意的？不会！方莹心高气傲，不会轻易认输的。那是怎么回事？莫非真如她所言，方莹的追求者很多，周岚担心我们之间会出问题让别人乘虚而入？

总之，在要不要主动找方莹的问题上，我徘徊良久。往事一幕幕浮现在眼前。我想起旅游大巴上她一言不发生气的模样，我想起了高三时她生气地冲我喊走开的样子，不觉义愤填膺——她简直就是一个没长大的执拗的小女孩！

是的，她就是一个小女孩，连她主动找到科大来那次，竟然在我床头挂上一个气球，多么孩子气的做法！哈哈！不过很可爱呀。她想必是从校外街上过，看到有人卖气球，一时童心大发，我想象她手握气球穿行在校园里的可爱模样……

“其实有时候她蛮可爱的。”我如此想着，心底顿时释然。这种感觉，怎么说呢？好比打开窗户，窗外清新的空气涌了进来，一下子，心情突然爽朗了许多。

人其实是种奇怪的动物，只要改变一下立场，视野顿时开阔，世界仿佛也随之改变。我突然意识到这一点。是的，有时候我们如果稍稍转变看待事物的角度，一切都将大为不同。

现在，我对方莹的不悦，随着我视角的变化，已经烟消云散了。

但是，这似乎只是我一厢情愿的想法。

第二天我早早就到方莹的宿舍楼门口，让人叫她。和以往不同，这次她过了很长时间才出来。

她穿一件白色的圆肩T恤，胸前印着红色的图案——三个箭头弯曲向上的图案以及我看不懂的英文字样。下身着两条白色裤线的灰色运动裤，看起来十分休闲。

她就那样，双手插兜站在我面前。

“有事吗？”她面无表情，冷冷地问道。

“好久没见了，来看看你。”我说。原以为过了这么长时间，她和我一样已经想通了，会彼此原谅对方。不料，她还是这般冷冰冰的模样。

她不说话，看了我一眼，眼里是难以琢磨的复杂情绪，然后拔脚向校外走去。

我跟上她，和她并排走去。她刻意和我保持着距离，中间约莫有一个人身体的距离。不时有人没眼色地从我们中间穿过。

出了校门左手边是6路车站，但她没有停留，径直向东走去。

清晨的街道行人匆匆，出租车欢快地奔驰而去。微风吹过，法国梧桐的叶子沙沙作响。

她一言不发，双手插兜徐徐前行。我也不言语，紧紧跟随她的节奏，一路向着6路车相反的方向行走，距离市区愈来愈远。

40

又来到k河之畔。

清晨的k河像淡淡的水墨画。远远望去，一片碧绿的草地上凸显出三两棵威武的柳树身影，背景是清澈的水面，波光粼粼，隐约可见湖心岛上的葱茏。周围一片寂静，就连鸟鸣也是怯怯的，偶有虫叫，也像是酣睡中的呓声。不远处有一小船，铁链缠绕在细柳的腰身上，没有上锁，撑船的竹竿斜斜地横在船上。真有“野渡无人舟自横”的意境。

我们站在岸边，停下了脚步。因为再无前路。

“对不起！”还是我首先打破了沉默。

“对不起什么？”她终于开口了。我略略侧过身去，她平视着远方，表情默然。

“不该一时冲动，动手打人。”我说。

“就这个吗？”她说。眼光依然注视前方，有鸟儿斜斜地掠过水面，落到湖心岛上的树丛里。

“还有什么？”我不解。

“干了什么，自己知道。”她说。

“真不知道。”我说。

“骆盈是谁？”她突然发问，令我猝不及防。

“一个普通朋友。”我解释道，“我们班郑邪在追呢。”

“哼，帮人写情书帮成自己的了。”她讥讽道。

“真的是普通朋友。”我说。

“是吗？”她说。

原来是骆盈的事！看来是有人泄露风声了。但是我和骆盈清清白白。可是，怎么解释呢？这种事弄不好会越描越黑。

“我和她说过你。”我说。

“哼……”

“去对面岛上看看去。”我如此提议以转移视线。她不置可否。

我解下缠绕的铁链，将小船推进水里，用竿一撑，跳进船里。我沿着岸边将船划到方莹旁边。“上来吧。”我说。她犹豫了一下，还是接受了我的提议。我伸手拉她上船，她拒绝了，自己跳了上来。

我用力一点，竹竿探到底，在反作用力的驱使下小船快速前进，划起些许波浪。

“撑过船吗？”我微笑着看着她。

她依旧不理我。

“肯定不会。”我说，“撑船这是技术活啊，不是谁都会的！”

“拿来！”我的激将法起作用了，她果然开口了。

“能行吗？”我将信将疑。

“哼！”她不屑地从我手中夺过竹竿，点进水里用力撑起，小船从容地前行。

“厉害！”我说，“就没你不会的。”

她还是不肯和我多说一句话。我看着小船划过的地方，波浪向两边散开旋即复合，甚是美妙。

远远看过来，湖心岛郁郁葱葱，风景独好。但真的到了其上，才发现四周都是荒草。灌木丛密密麻麻，几棵大树几乎长疯了，看不出轮廓。树底下的刺藤阻挡了我们前进的道路，唯有岸边的草地踩上去软软的，给了我几分安慰。

既然没有美景可以转移心情，她理所当然地再度纠缠到骆盈的问题上来。

“听说你俩关系很不一般。”她说道，语气似是求证又像是责备。

“听谁说的呢？”我说，“真的是一般朋友。”

“一般朋友？”她说道，“我怎么听说有人还见了人家父母，去了人家里？”

“……”我一时语塞。去骆盈家这事的确不该，但这都是被骆盈“绑架”，她只说是出去旅游呀！

“没法解释了吧！”方莹不依不饶，“还有，为了人家，上百人打群架，很风光呀！”

“刘班长！”我脑子里立刻冒出了这个名字。一定是这家伙捕风捉影，添油加醋报告了方莹！看来人生险恶，刘班长抢了我那本《唐宋诗词精选》，那是我的挚爱，我都没和他计较，不想

他还在背后算计我！

“是刘杰说的吧？”我说，“他的话没几句是真的。”

“管是谁呢！”她说，“你怎么解释？”

“打架的事和我无关。”我辩解道，“是杜老板他们和人有了过节儿。”

“那我怎么听说有人还专门请客吃饭呢，每个人都喝高了。”她挖苦道。

“我……”看来她在科大一定安插了卧底，否则不会这么清楚。

“快编呀，怎么没借口了！”她说道。

“随你说！”我说，“反正我是清白的。”这些事情，其实我百口莫辩。难道我错了吗？我确信我和骆盈之间没有什么。至于出去过几次，也不是什么大不了的事。这方面，难道方莹就做得很完美吗？我再度想起了高三时她和刘班长过往甚密的情形，她频繁转过身向他请教问题，她这样做没问题吗？她现在不还是和刘班长保持着联系吗？还有我见过她几个异性老乡，他们之间不也有来往吗？为什么深究起我来了？

“其实，我一直在想，我们之间存在些问题。”她说。

“那是！”我说，“你学历高，还可以留校。我呢，毕业后只能到外地去。而且您这么优秀，追的人恐怕都从宿舍排到饭堂了？”

“你无聊不？”她说。

“当然无聊。”我说，“人其实都会变的，您老一直在前进，

而我原地踏步，差距自然存在了。”

“你不求上进难道还有理了？”她反问道。

“我现在明白了，我们之间真的有些问题。”我说，“说是谈朋友，却一直不肯给我，原来是有原因的。”

“你爱怎么说就怎么说吧。”她一脸无辜样。

“还有，”我说，“我觉得咱们之间认知上存在差距。”我顿了顿，“就拿上次旅游的事，你为什么不和我坐一块儿，怕别人知道吗？”

“随你怎么想！”现在进行战略反攻，轮到她抵抗了。

“还有，你被人欺负，我和人打架，你不至于不理我吧？”我说，“难道面子比男朋友重要吗？”

“你才爱面子呢……”她无力招架，只能表示愤慨。

“谁爱面子谁知道……”我说。

“你这人心眼小，所以才这样看问题！”她说道。

“你才小心眼……”

“你虚伪！”

“你才虚伪！”

“我们分手吧！”

“分就分！”

……

看来彼此心中都有太多不快。争吵到最终，最后一丝温情也被无情撕破，只剩下两败俱伤。

她将分手的话语说出后，我想也不想，随口十分干脆地加以肯定，于是争吵彻底失去了意义。我们陷入了无尽的沉默之中，谁也不说话。准确地说，是谁都不愿再多说一句话。

她木然地看着河面，我则眺望远方。远处的村庄冒起了袅袅的炊烟，再远处是隐约的工厂高高的水塔。天空不是蔚蓝色，灰蒙蒙的，就算阳光穿透云层射出刺眼的光芒也无济于事。

一只兔子突然蹿出打破了这平静。我蹑手蹑脚跟随着它，想将其捕获。它钻进树丛里，在大树根下窸窸窣窣地磨蹭。我拨开刺藤钻了进去。它仿佛成心和我嬉戏，待我靠近，突然转身消失在草丛里。我四处观察想要觅得它的踪迹，但它仿佛人间蒸发一般，再也不见踪影。

我从大树底下钻出来的时候，惊讶地发现方莹已不在岛上了。她撑着小船向着对岸进发，我大声喊她的名字，她不答应，头也不回，将我孤零零地抛在荒凉的湖心岛上。

我眼睁睁地看着她到达彼岸，将船上的铁链拴在那棵细柳上。还用力拽了拽，确定十分牢靠，这才扬长而去。

我看不到她的表情，但我能想象出她的得意。我被她撇在湖心岛上，唯有一只看不见了的兔子做伴。其实还有蛇，一只手指粗的灰蛇一拱一拱从不远处飞快地穿过，我吓出一身冷汗。每个人都有致命的弱点，若是虎狼，我都有胆量和它们对峙，但换成蛇，我只剩下落荒而逃了。我三两步越到一处开阔之地，战战兢兢地俯视四周，幸好那只蛇再也没有出来。

对面没有一个人影。远处倒有耕作的农民，但他们听不见我的呼喊。船的主人不知何处公干去了。也可能是只废弃的旧船，

无人管理。

太阳的光芒突然暗淡了，阴霾露出了本来的面目，天空一下子阴沉沉的，有下雨的前兆。我想不会有人到这该死的河边来了。方莹不会回来，她怒气未消，成心给我难堪。我当然不会坐以待毙，一不小心葬身蛇腹，也不用再让暴雨蹂躏。小小河面，岂能难倒我？

我脱下衣裤，用皮带扎成一团，单手举起，向对面游去。湖水冰冷，不过很快便适应了。我变换着姿势仰泳，还用上了高难度的“踩水”动作，顺利到达湖面中间。不巧，雨下起来了，真的是天有不测风云。几道闪电过后，没听见雷声，雨点便噼里啪啦掉了下来，打在湖面，溅起密集的水花。我的功课算是白做了，费劲心力高高举起的衣裤被无情地打湿了。

我快速游到对面，解开湿漉漉的衣裤穿上，迎着瓢泼大雨撒开腿向前飞奔。终于看到路边的一间小商店，竟然有短裤、T恤。老板体谅我，让我去他的隔间里换上。付钱时我傻眼了，短裤兜的钱包没了。只有一种可能，掉进河里了。

我拿起公用电话给隔壁宿舍打，找杜老板。幸好他在。

“快来救我。”我说。

“在哪儿？”他在电话里狐疑地问，“你被打劫了？”

41

拜方莹所赐，第二天我感冒了。但我还是义不容辞地参加了赵小伟的生日聚会，按照他的嘱托，我特意叫上了骆盈。

杜老板是当仁不让的贵客，他带着赵晓美。没想到刘班长也来了，身边跟着一质朴的女孩。

先是吃火锅，然后去 KTV 唱歌。大家热情高涨，争先恐后地点歌唱。女生们普遍拥有良好的歌技，男生们虽然歌喉差，但都积极表现。但我没有唱一首，骆盈专门给我点歌，我推托说感冒了嗓子疼。但杜老板才不管我生没生病，不停地和我碰酒。还有刘班长，他没有一丝歉疚，凑到我身边神秘兮兮挤眉弄眼地说：“你小子厉害啊，脚踩两只船！”我说：“你老赶紧汇报去呀！”

他讪讪地笑笑，还是很大度地跟我碰杯，并介绍他的女朋友给我认识。“你好。”我说。

女孩大方地伸出手来：“江言吧，听说过你。”她接着说道：“上次我和刘杰去工大见过你女朋友，好漂亮啊！”我明白她说的是方莹。“她是谁啊？”她瞥了一眼正和赵晓美窃窃私

语的骆盈问道。

“一个朋友。”我说。“哦。”她暧昧地笑笑。

“你好。”骆盈侧过身来和她友好地打招呼。

中场的时候，放起了响亮的摇滚音乐。大家纷纷起身，走到舞池中央，随着节拍摇动身体。气氛一片热烈。我依旧坐着没动，骆盈走过来低下身说：“一块玩吧。”我说：“你们玩吧。”但我的婉拒没起作用，骆盈抓住我的手，将我拉了进去。大家笑呵呵地看我，我尴尬地说：“真的不会跳啊。”“没事，我教你。”骆盈大声说。我和她站成一排，学着她的步法进退。好在我天资聪颖，一会儿工夫悟得六七成，和骆盈勉强能够配合。

这样的场合，除非你一直坚持立场保持沉默，否则很难置之度外。此前我一直坐着，但现在，歌曲响起来的时候，骆盈笑吟吟地将手伸给我，我已经没有办法拒绝了。开始我俩还中规中矩地按着路数跳，后来手挽手肩并肩走起了这种恋人式的舞步。再后来赵小伟和他女朋友带头跳起了“二步”，是黑灯舞厅男女搂在一起的那种。杜老板和赵晓美，刘班长和他女友，大家如法炮制。骆盈看了一眼我，我握起她的手走到舞池中心，双手搭在骆盈腰际，骆盈微微一笑，将双手搭在我肩上，彼此随着鼓点微微摇动。

第一次和她挨得这么近，一种别样的温情涌上心头。骆盈似乎有点羞涩了，将头伏在我肩头，她的气息徐徐吹在我肩胛骨上，暖暖的。

我能感受到刘班长他们投过来的目光。罢了！他们爱告密就告密去吧。反正已经成这样，恐怕难以挽回了，何况方莹已经提出和我分手。她说分手也许是气话，但现在，事情发展到这一步，

满世界的人都以为我和骆盈是恋人，已经没有办法解释了。

哎……

那个晚上我们喝了好多酒，服务生一打一打地上。喝酒、跳舞，仿佛只有这两件事干。我们都沉醉在这种温柔迷乱的氛围中，谁也不舍得提前离开，以至于忘了12点学生宿舍的关灯时间。我们摇摇晃晃地在KTV楼下分手，赵小伟、杜老板他们早和女朋友同居，在校外租房住，晚归不成问题。但我们，宿舍回不去了。不过没关系，骆盈有房子呀。她从她爸的情人手里抢过来的房子，平时不住，但现在派上了用场。

酒意上涌，我倒在床上便昏昏沉沉。迷迷糊糊地感觉到她给我脱掉鞋，盖上被子。可是身体无比燥热，我踢掉被子。

“水……”我说。

“等会儿。”她说。

她烧好水晾凉给我端过来。我起身大口大口地喝掉，像是刚从沙漠里出来的旅人。

“好烫啊！”她用手抚着我的额头，“你发烧了！”

“没。”我说完，倒头躺下。

“咱去医院吧？”她说。

“不——用——”我慢腾腾地说道。其实是没有力气，我还想说什么，但连嘴角都抬不起来。

“江言，你没事吧？”她焦急地喊道。

“没——事。”我说道，好在这两个字不那么拗口。

“我去买点退烧药去。”她说。

一会儿她回来了。

她扶我起来靠在床头，给我喝下退烧药和感冒药。我重新躺下，但浑身难受，虽然迷迷糊糊，却怎么都无法安然入睡。

她将温度计别在我腋下，一会儿取出来看。“41度！这么高！”她说，“咱们还是去医院吧！”

“没事。我身体好着呢，感冒从不吃药。”我说，“睡一觉就好了。”

“走吧。”她试图拉起我，但徒劳无功，我翻身侧向另一边。

睡眼蒙眬中我感受到有冰凉的物体搁在我额头。睁开眼，是她用湿毛巾给我降温。这种场景已经很遥远了，是只有孩提时，才能从父母那里享受过的待遇！

我出神地看着她。她的头发蓬松地扎在脑后，一缕头发垂下来挨在我脸上，痒痒的。

“医生说的。”她说，“降温用湿毛巾比较有效。”

“谢谢。”我说。

“你睡吧。”她说。“有我呢，没事的。”

她将毛巾从我额头换下，敷上另一块。

“再量一下吧。”她说。

……

42

我睁开眼睛，明亮的光芒洒满房间，脑袋也不再昏沉了。

她躺在我身边，蜷缩着身子，还在梦乡。我伸出手去将她搭在脸颊的头发向后拂去，她娇媚的面孔毫无遮拦地展现在面前。鼻尖微微上翘，嘴唇自然红润，抿成了弯弯的笑意，脸上肌肤吹弹可破，眉梢随着呼吸微微地一跳一跳。

我痴痴地看着她。我承认，在这一瞬间我喜欢上了她。

她终于醒了，在我长久的注视下，她睁开了眼睛。

她看着我。伸手在我额头探了探，再放在自己额头加以比较。

“不烫了。”她说，“昨晚吓死我了……”

我没有说话，只是看着她。

“看什么啊？”她羞怯地说道。

我缓缓向她逼近，像猎人缓慢地逼近猎物一样。

“唔……”她只能发出这样短暂的呓语，猎人已经命中了她。

她开启双唇迎接我的探索，颤动的身体任由猎人宰割。

像个笨拙的猎人，久未有收获，所以宰割是兴奋而粗鲁的。这没关系，猎物已经缴械投降，无论怎样摆弄都会品尝到香甜的美味！

我迫不及待地进入她，她闭紧双目，抓紧我的身体。我急切地动作，抓紧享受着收获的喜悦！

我一泄如注，身体却没有缴械的意思，于是梅开二度，尽情享受着这无与伦比的甘甜与娇美……

整整一个上午我们尽情缠绵，下午才恋恋不舍地起床。在楼下饺子馆吃饭，路过药店时她驻足不前。

“干吗？”我问。

“笨，你想让我怀孕啊？”她说。

我走进店里，看四下无人，小声地问店员，一个中年妇女：“有没有预防怀孕的药？”

“事前还是事后？”中年妇女面无表情地说。

“事后。”我难为情地回答。

“八块五。”她从柜台里取出盒药，放在我面前。

我付了钱出来，将药递给骆盈。

“没买过吗？”她笑吟吟地说道。

“这东西又不是感冒药，随便买呀？”我说。

“ 嘻嘻……”她说，“我现在相信你和你女朋友没做过了。”

“她不肯。”我据实说道。

“不对，不对。”她说道，“准确地说，是你前女友，我才

是你女朋友呢。”

“嗯。”我回应道。

我俩第一次握手前行。碰到熟人也不避嫌，进校门也没分开。校警看了我们一眼没说什么。

在食堂门口的台阶上，许多人在摆摊卖旧物，杜老板也在其列。他老远看到我，夸张地大喊：“哈哈，江言，这么快就搞定了！”

我和骆盈走了过去。

“当老板了！”我说。

“去，别挖苦哥了。”杜老板说，“这些东西扔了怪可惜。”

“这个多少钱？”骆盈举起一盘磁带问。我瞥了一眼，封面上印着“经典欧美金曲”的字样，背面是歌曲的名录：《昨日重现》《人鬼情未了》《加州旅馆》《此情可待》《卡萨布兰卡》……从大二起，杜老板就摆摊卖磁带，这盘新新的，明显是存货。

“要什么钱呀，算我送给弟媳妇的。”他笑说。

“那多不好意思啊。”骆盈说。

“客气就见外了。”杜老板说。

我送她到宿舍楼口，她依依不舍，又把我送到男生楼口，这才高兴地和我摆手：“再见！”

我和骆盈发生关系了。

我回想我们交往的过程，一切都不显山露水。我们顺其自然地来往，从未有过心迹的表白，中间也没有过拉手、接吻这些循序渐进的铺垫。可是，我们发生关系了。好比两军对垒，不下战书，

不擂鼓，直接杀入对方中军大帐，取头领首级！虽说取得战斗的胜利，可这算什么呀？此种不正大光明的袭击，可不是我等君子之所为！

“这是一时的冲动还是受方莹提出分手遭到刺激的放纵？”我把困惑讲给杜老板听。彼时落日熔金，天空一片彤红。我俩爬上宿舍楼顶，一人一瓶啤酒，坐看夕阳西下。

“管它呢，拿下就好。”杜老板说。“不过，”他疑惑地问道，“你和方莹真分了？”

“这个……”我说，“也可能她不是真的想和我分，但现在不想分也得分了。”

“问题是，你喜不喜欢骆盈？”杜老板问道。

“喜欢。”我说，“她和方莹是两种不同的类型，方莹文静温婉，骆盈热情大方。”

“喜欢谁多一点？”

“没有多少，只有先后。”我说，“世界上的姑娘，值得我们喜欢的有千千万万，有的遇上了，有的没遇上而已。”

“不明白。”杜老板说。

“嗨，这都不懂。咱们喜欢的人并没有什么固定的模式。”我说，“只要是漂亮端庄的女生咱们都会喜欢，只不过看有无缘分。有的有缘遇上了，有的无缘错过了。”

“还是有点深奥，请举例说明。”杜老板说。

“比如，”我说，“你那高阳，知书达理、美丽端庄，其实我也喜欢。只是她先遇上你，所以我就不会对她动心了。”

“靠，江言，你小子真是吃着碗里看着锅里，找抽呀！”

“别，我只是打个比方。”我说，“我认识方莹在先，我喜欢她，所以不会对别人动心的。”

“哈哈，这下扯平了。”杜老板笑道，“其实我也喜欢方莹和骆盈，只不过有你在，所以我没行动罢了。”

“打住！”我佯怒道，“再说和你急！”

“开玩笑，开玩笑。”杜老板说，“我明白了，你虽然喜欢方莹，可方莹提出了分手，所以你转身就喜欢上了骆盈？”

“大体是这样。”我想起了我那本笔记上的句子，“闻情不悲，闻情不喜，你没喜欢上我，我遂喜欢上别人！”

“呵呵！”杜老板笑道，“你有没有想过方莹为什么要和你分手？”

“这个……”

“你和骆盈走得太近，传到方莹耳朵，她生气了。”

“这只是表象。”我说，“方莹一直不肯给我，说明她对我有所保留，估计是对我不太满意吧。”

“不能拿这个做评判标准。”杜老板说，“就拿赵晓美来说，我和她同居快两年了，可我并不爱她。”

“啊，”我说，“不爱她你还和人家住一起！”

“这是情欲，生理需要而已，和爱情不能扯在一起。”杜老板说，“当然，如果有爱还有欲那最好。”

“我为她打人，她反而生我的气，大巴上还不肯和我坐在一起！”我说。

“这些都不重要，每个人想法不同而已。”

“啊，”我说，“这些话你为啥不早说？”

“你没问过我呀！”

“那现在怎么办？”我说。

“凉拌呗。”杜老板说，“没办法了，你和骆盈都上床了，木已成舟，你是回不去了。”

他顿了顿：“要是我倒无所谓，方莹如果找来，我就大小通吃！”

“去你大爷！”我骂道，“找你解忧，结果越解越忧了！”

“哦，”杜老板装腔作势道，“看来老衲道行浅，施主如果不嫌路途遥远，可去武当山找我静虚师兄，也可去峨眉找我了因师妹，还有少林慈悲大师……”他装得一本正经。

“高阳！”我喊道。

“在哪儿？”杜老板从意淫中陡然醒来，四下张望。

43

想起方莹，心底竟然有种苍凉的悲伤。

她提出和我分手，也许是真的，也许是气话，可是现在已经无法回头了。我和骆盈发生了关系，就算方莹能原谅我，我也没法原谅自己。

罢了，也许这就是缘分。我和她萍水相逢，相识相知，中间几度悲欢离合，没想到，最终还是黯然分开。看来真是有缘无分！

尽管没能从杜老板那儿得到心理安慰，第三天，我还是去找骆盈了。她不在宿舍，我去了她们教室。

她拎着包从教室里出来，好像有什么心事，一直不说话，我问她她也不理。

我和她在林荫道上慢悠悠地散步。法国梧桐高大的身姿将林荫道拥抱得严严实实，三角星状的叶片四处伸展，一缕阳光也不放进来。

“说吧，是不是要道歉？”她突然说话了。

“道歉？”我有点疑惑。

“对不起，我喝醉了，所以做出了那种事。”她说，“电影里男生都这样说的呀！”

“哪种事？”我依旧不解。

“其实，也用不着道歉，我不会缠上你。”她继续说道。

“哈哈！”我明白了她的意思。

“不行，我还是要说。”我说，“不说我心里过意不去。”

“说吧。”她不看我，眼光瞄向另一边。

我双手扶在她肩头，将她的头矫正过来。

“说吧。”她看着我。

“我喜欢你。”我说。

“没听着。”她说，面孔不再紧绷。

“我喜欢你！”我大声说道。

她双手环绕住我的脖子：“你吓死我了，我还以为你要给我道歉呢！”

“怎么会，”我说，“我可不是那种始乱终弃的人！”

“那你怎么三天都不来找我？”她说，“我还以为你后悔了。”

“我和杜老板回他老家了。”我说。

“讨厌，也不带上我。”她笑了。

那个晚上，我和她再度缠绵到一起。和高三时与学姐的纠缠不同，那时的我是懵懂的，对异性身体充满着神秘的憧憬，只有强烈的释放欲望的冲动。但现在有所不同，我喜欢上了这个女孩子，貌似坚强其实柔弱。我和她一直相拥而眠。我亲吻她的面颊、

肌肤，她热烈地回应。相比学姐一览无余的豪放，她是羞涩地欲拒还迎，别有一种风情。

我和她恋爱了。

方莹提出分手的第二天我和她同居了，随后我们高调地恋爱了。

方莹不愿和我做的那些，比如看录像，看电影，她都愿意。甚至看通宵录像。那些港台片她不喜欢看，就躺在我腿上睡着了。她喜欢在学校七楼电教室看外文影片，当然是带字幕的。放映的都是些经典佳片，诸如《乱世佳人》《出水芙蓉》等等。这里环境好，喝着汽水，靠在宽大的椅子上，简直有点乐不思蜀。还能看见很多熟人，我们班的班花和外系的一个男生趁着灯光暗肆无忌惮地亲吻，甚至还有“英语老师喜欢的那女生”，不过她是和一女生在一起。有一次还遇见了高阳和另一高高大大的男生，我们相视一笑心照不宣。骆盈也有熟悉的同学，放映中间休息时，她跑过去和他们打招呼，并开心地介绍我跟他们认识。

这一点，方莹和她不同。她似乎不太愿意把我介绍给她的朋友，当然也不太愿意认识我的朋友。从这一点来看，我觉得骆盈对我的喜欢要远远超过方莹。所以，我的内疚慢慢地愈合了。一开始，我想起方莹还有些许内疚，但念及骆盈毫无保留地对我，我终于释然了。

她大大方方地来宿舍找我，碰到郑邪也不介意。现在大家都知道她是我的新女友了。除了上课，她几乎每时每刻都和我在一起。一起从教学大楼出来，手挽手沿着林荫大道向食堂方向走。沿路会碰到低年级的学弟学妹，常常以羡慕的眼神看着我们。他

们大都喜欢穿刚进校时发的军训装以及运动服，加上天真好奇的眼神，很好辨认。我享受着他们投向骆盈的惊艳的目光。骆盈是个会打扮的女孩，加之长相也不赖，行走在校园里必定是一道夺目的风景。

这种心情其实我们都有过。遇到好看的女生，杜老板常常盯着人家看，如果旁边还陪着男生，杜老板会愤愤不平地发起牢骚："好白菜都让猪给啃了！"现在，恐怕轮到他们说我了，哈哈。不过骆盈对此有不同的见解。她曾经见过一对情侣从教学楼里出来，男女个子都很高挑，那是冬天，两人都穿着风衣，男的玉树临风，女的风姿绰约，简直天生的一对！她当时心里只有由衷的羡慕……呵呵，看来男女想法确有千差万别。不知我和骆盈，以及从前和方莹，别人会以什么样的眼光看待呢？是羡慕、惊艳、嫉妒，还是如杜老板一样的不屑呢？

不过在台球厅，我切切实实感受到他们惊艳的目光。方莹陪我打过台球，她是台球厅少见的美女，自然吸引别人的目光。但骆盈更胜一筹，她有吸引人的娇美容貌，更有高超的球技，玩黑八她输给了我，因为我击球极准，连中部靠边那样的高难度球我都能擦击进去。但斯诺克我不是她的对手。她用皮筋将散开的头发扎在脑后，老练地拿起枪粉拭擦枪头，用杆搭在桌上比画球的走向，然后才举杆瞄准，"砰……"红球应声落袋，白球乖巧地走到花球身后，她轻轻一击，花球进袋。她走位极好，如此反反复复，她打出了漂亮的七连杆。"好球！"周围几桌都围过来看，并为她叫好。一局下来，我大比分落败。有小混混搭讪道："美女，咱们来打一盘？""凭什么？"骆盈说，"散了，散了！"大家一片哄笑。混混心有不甘，被老板呵斥走了。这地常来，老板早

跟我们熟了，结账时常常少算一盘。据说从前他是这儿有名的混混，后来械斗瘸了腿，但是余威尚在。他一瘸一瘸的样子，像极了小马哥。

44

杜老板成了我们班上硕果仅存的工作没有着落的两个不幸人之一，另一个人是喜欢“英语老师喜欢的女生”的那广东小子。临近毕业这年，他的英语不幸又不及格，需要9月开学时参加补考，通过后才有望拿到毕业证。

杜老板和他同病相怜，惺惺相惜。他俩在宿舍里大发牢骚，为避免伤害他们的自尊，我们顺着他们的心意，他们说东就东，说西就西，不敢有丝毫的逆反。

我们班上的广东仔家境普遍都好，他们经常出入酒吧、夜总会这类娱乐场所。这广东小子自然不例外，出手阔绰，三天两头请我们下馆子。杜老板家境也不错，礼尚往来，他也不时回请。所以，这段时间我可饱了口福。

广东仔请我们去过夜总会。凌晨时分，有女孩子着三点式，也有一丝不挂的，在众目睽睽下做出各种动作。有时女孩子会走下台来，找人配合表演。找到杜老板时他会夸张地配合，赢得阵阵喝彩。

我们喝了数量惊人的啤酒，其中不少是被夜总会的陌生女孩喝掉的。也不知是哪里来的女孩子，很大方地坐下，不客气地要酒喝，并反客为主地和我们碰杯，酒量出奇得好。侍者走马灯似的拿来新瓶拿走空瓶。喝得晕晕乎乎时她们起身告辞，酒钱自然算我们的。钱倒不是问题，广东仔家里有的是闲钱，只管伸手拿就是。用杜老板的话说："反正不劳而获，用不着心疼。"

原来她们是夜总会请来的促销小姐。若客人没有女伴，她们便大显身手，其中一个女孩喝了十瓶（小瓶装），让我不禁担心她的胃。而她没有事，倒是我摇摇晃晃走到厕所去呕吐。

出来时他们每个人挽着一位，当然不忘给我也找来一位，是那个喝了十瓶啤酒的女孩。我说不用，但他们不由分说将我们推进出租车里。

宿舍回不去了，广东仔登记了三间房子，两人一个。我和那女孩共处一室，但彼此相安无事。她脱掉衣服躺在我身边，我慌乱地爬起来和她保持一定的距离。

"他们付过钱了。"她说。

"不是钱的问题。"我说，"我有女朋友的。"

"你相信爱情吗？"她悠悠地问道。

"当然！"我惊讶地问，"你不相信吗？"

"我只相信钱，只有金钱才是真实的。"她如此答复道。

第二天一早我醒来时发现她已不在，床头柜上放着 300 元大钞，想必是杜老板代付给她的酬劳，她退了回来。我把钱扔给广东仔，他们睁大眼睛看着我。

“到口的肥肉都不吃！切……”他们如此鄙夷道。

说来也许没人信，第二天晚间，我把这讲给骆盈听了。

骆盈说：“是不是当时想到了我，这才悬崖勒马？”

我肯定地做了回答。骆盈笑笑：“其实也没什么的，男人嘛，偶尔出出轨是正常的，但要动了感情就不对了。”

“啊！”我瞠目结舌地看着她。

“哈哈，逗你呢！”她笑道，“你要敢出轨一次，我就——”她故意拉长了音调，“杀了你！”

“不至于吧？”我说。

“呵呵，”她笑了，过来挽着我的胳膊说，“我相信你是个坐怀不乱的人。”

“没那么高尚，”我说，“如果没有女朋友，我肯定就沦陷了。”我突然想起了学姐，当时方莹和我分手了所以无所顾忌。

“你敢！”她说。

“有你呢，”我说，“当然不敢。”

她盈盈一笑。

“方莹还好吗？”她突然问道。这是她第一次郑重地提起方莹。

“我们分手了。”我说，“不是给你汇报过吗？”

“没事，随便问问。”她说。

她提起了方莹，我忍不住把她和方莹做了对比。如果换成方莹，此事无论如何是不敢和她讲的，夜总会这种地方在她眼里是

肮脏的代名词，更别说和“小姐”共处一室，她不废了我才怪。但骆盈不同，她的性格要和顺许多，所以能够做些许探讨，当然是在不过分的前提下。

我说：“她说只喜欢钱，为什么把钱退了回来？”

“这个……”骆盈说，“她喜欢上你了呗！”

“去，别胡说。”我说。

“哈哈，陪酒小姐喜欢上江言了。”骆盈笑道，“我要把这个给大家宣布。”

“别闹，别闹。”我抓住她的双臂说，“别人都看咱呢。”

“那你给我赔罪。”她说。

“我不该撇下你去夜总会。”我笑了，“要去也一块儿去！”

“嗯，不真诚。”她说。

“以后再不去了。”我说。

“不够真诚！”她仰起脸孔，“喏，亲一个。”

“在这儿啊？”我看了看，林荫大道上人来人往。

“就这儿嘛。”她撒娇道。

我依了她，在众目睽睽下亲了她。她突然来了兴致，双手勾住我的脖子，和我深深地长吻。彼时人来人往，她丝毫没有顾忌。当初我们常常愤慨别人如此亲昵，每次碰到此等场景，杜老板会说：“光天化日、朗朗乾坤，成何体统！”“吻别”则笑喊：“免费的三级片，童叟无欺，快来看了！”郑邪会说：“少儿不宜，关门放狗！”

而此时，我和骆盈如此效仿了。正所谓，江山代有才人出，各领风骚数百年！哈哈。

其实这还是小儿科，稍后才有大片上演。当众的激吻激起了抑制下的欲望，我们转移到了小花园，这里是传说中的缠绵之地。彼时已是晚间11时，早有同道中人占据了有利地形，目之所及香艳欲滴，我们好不容易寻得一处，地形虽不理想，靠近出口，容易被人打草惊蛇，但有总比无强。

在周边气氛的熏陶下，很快我们进入了角色。她坐在我腿上，解开了胸衣。我们忘情地长吻，享受强烈刺激带来的欢愉。

但我们忘记了，其实还有危险在的！依稀有人影从走廊上穿过，我们没有在意，直到亮起了灯光！是手电筒的光亮，十几只手电筒齐刷刷地亮起，小花园春光乍泄、香艳的景色在瞬间一览无余！

“出来！”有人恶狠狠地喊道，“快出来！说你们呢！”

原来是传说中的纠风队来了。由校学生会和团委联合组建的纠风队的职责在于维护校园良好的风气，专门和不文明的恋人做斗争，小花园是他们重点光顾的地方。10点半时我和骆盈远远看见他们来过了，不料杀了回马枪！

我们一行五对被“押解”到设在学生食堂三楼的纠风办办公室。校学生会的一个精瘦精瘦的副主席在，这厮我以前见过，满脸青春痘，我对他素无好感，虽落他手里却也不尿他，直到值班的校团委书记过来。文学社以及骆盈的书画协会属于团委管，团委书记是我们的顶头上司，我们自然认得。骆盈是书画协会的副主席，和他更是熟悉。他惊讶地看着我们，侧头对学生会那副主

席说："这是咱社团的领导，会不会弄错了？"那副主席看了看我："不会，逮住时他们正啃着呢，大家都能做证。"多么美好的事情从他嘴里说出竟然这么难听！骆盈的脸都红了。稍作停顿，他指着我继续说道："这家伙态度还不好，得好好教训一下。""指谁呢！"我怒从心起，"你他妈是不是变态，整天逮人为乐呀！""好了，别吵了！"团委书记说："你们先回去，等候处理吧！"

学校对校风整治工作那是决心坚定，让学生会和团委联合公干其实是为了权力制衡，学生会态度坚挺，团委书记也不能公开徇私舞弊，事情的处理完全成了公事公办。最后我们被各自的班主任领了回去。

处理结果出来之前我又找了综治委那位欣赏我的主任，他打了几个电话很无奈地说："你们这事闹大了，校办都知道了，准备严肃处理，树立典型呢！不好办呀！"他遗憾地送我到办公室门口。"哎，年轻人啊……"他欲言又止。

第三天，处理结果出来了，十分严厉！一共五对，一对被严重警告处分，两对现场"嘿哟"的被开除学籍，两对情节严重的留校察看。我和骆盈是被严重警告的这一对。

45

“严重警告”的处分其实是蛮轻的，我知道是综治委主任做了工作。我专门去他办公室表示感谢，他给我倒上茶，语重心长地勉励我不要有思想包袱，想开些轻装前进。“是，是，是。”我像幡然醒悟的浪子一个劲地点头。

我马上毕业离校了，警告什么呀。可是骆盈还有一年时间要在学校度过。

“对不起，”我说，“害你受处分。”

“这有什么，傻孩子！”她笑道，“就算开除了也没什么呀！”

“啊，”我惊讶地问道，“你真这么想？”

“那是，”她说，“反正这专业我不喜欢，要是被开除了我就专心学画去。”

“重新高考？”我疑惑地说，“难度大了吧？”

“实在不行我就出国去拿个文凭回来。”她说，“我舅舅在加拿大，一直想让我们过去呢。”

“哦，你还有海外关系啊。”我说，“这下复杂了，地主家

的千金，还有资本家的亲戚，还崇洋媚外……”我装模作样地说道：“你这混进人民队伍中的美女蛇，我、我，我代表人民大义灭亲了！”

“灭呀。”她笑吟吟地迎合我，将脸孔迎了上来，“你舍得吗？”

“算了，我还是先笑纳吧。”我笑道。

骆盈想得开，可同学们想不开。小花园事件已经传得沸沸扬扬，简直成了大伙茶余饭后的谈资。从多渠道反馈来的信息看，同学们对此事的认识高度地统一，充满了不屑和鄙夷，甚至还有义愤填膺的愤慨。

我等成了败坏校风校纪的害群之马。学校通报中要求每个班级都以此事为戒，遵守校规，提高道德修养，切勿败坏校园风气。据说每个班级都在班会上拿我们做反面教材，如此一来我们不想出名都难。尤其是骆盈，她是校书法协会的副主席，而且是工科院校少见的漂亮女孩，流言自然而然聚集到她身上来了。

“说是书法协会的主席呢，和男朋友在小花园乱搞，据说裤子都脱掉了，被纠风队当场逮住，她当时面不改色……”“你说她长得漂漂亮亮，怎么这么不要脸呢……”在学生食堂吃饭时恰巧听到邻座的几个女生如此议论，我顿时火冒三丈，欲冲过去教训她们，被骆盈死命拉住。其实这还是轻的，同学们的想象愈来愈丰富，甚至女主角蹲下身子为男主角口交的细节都能捏造得出来。更有八卦者，牵扯出了方莹。他们说：“其实那男生有女朋友的，背着女朋友干这事，嘿嘿……”

流言这东西，没有办法不在乎的。它就像风一样无所不在，无孔不入。在校园里散步，总会感受到投向我们的目光，让我浑

身不自在。骆盈心态比我好些，可是能好到哪里去呢？她每天还要去上课，怎样面对同学们的猜疑和窃笑？何况还是个女生。我不得而知。

46

所幸还有朋友们的理解。

杜老板说："你就把他们的话当个屁放了。"

赵小伟说："有这样的经历，没白来大学一趟。"

大学三年，经过岁月的沉淀，我只剩下了杜老板和赵小伟两个真心朋友。杜老板虽然五大三粗，说话冒冒失失，但他是可以为朋友奉献的那一种。看我心情不好，他主动给我打水打饭，陪我玩牌解闷，将我照顾得可谓细致入微。赵小伟是性情中人，遇到别人谈论我们的小花园事件，他立马过去予以警告。若有不服者，他二话不说将其放翻在地，手脚利落得令人咋舌。

在宿舍玩了一下午的牌，到晚饭的时候，杜老板说咱把弟兄们叫到一起聚一聚吧。"好嘞！"我表示赞同。我们先去西区宿舍楼找到赵小伟，然后去村子里找帅猴。"帅猴！帅猴！"杜老板使劲敲门却没人开。下楼来遇见房东，房东说："他在啊，刚还搂着一个女生上去了。""是吗？"我们随即上楼，使劲敲门。但依旧没有动静。

“看来真的不在。”我大声说，“咱们走吧。”

我们出门来，在旁边小卖部买了包烟，一块儿蹲在地上抽，观察着对面的动静。大约过了半个小时，我们看见一丰满的女生从里面出来了，竟然是赵晓美！房东说的帅猴搂着的女生竟然是杜老板的女朋友赵晓美！

杜老板脸色铁青。他没有理会赵晓美，径直冲进了屋子里。少顷我们听见了巨大的响动，帅猴惊恐的声音从里面传了出来：“你真砍呀！”只见帅猴从门里钻出，飞快地朝街道上跑去。杜老板手执一把菜刀追出来，刀口已见血。赵小伟上前夺下刀：“别动刀，会出人命的！”

杜老板无奈，只好捡起一块砖头，大步向帅猴追去。我们紧跟其后。

这天的景象像港台录像里古惑仔的械斗场面。帅猴在前面没命地狂奔，杜老板、赵小伟、我三人在后面追赶。杜老板手里还紧紧握着那块没能派上用途的板砖。我们穿过横贯南北校区的街道，一路飞奔。由于帅猴起步早加上逃命的迫切，他最终逃脱了。他抢在红灯来临之前穿过十字路口。川流不息的车流将我们阻拦，我们眼睁睁地看着他逃到对面，拦下一辆出租，狼狈地离去。

从此帅猴再也没有光明正大地在科大出现过，连毕业证也是托人代领的。他城中村的房子也是托人退掉的，里面的家当也不要了。

至于赵晓美，杜老板没有动粗。她找过来想要解释的时候，杜老板只说出了一个字：“滚！”她一脸落寞地离去。

我担心会不会冤枉了赵晓美，有次路上碰见了，我问她：“杜

斌对你多好啊，你怎么就和帅猴那种人弄到了一起？”我原本想说“搞到了一起”的，突然觉得“搞”字太难听，临时换成了“弄”字。

“他说他女朋友找我去他家玩，我就去了。没想到就他一个人。后来他就动手动脚了。”

“唉，”我说，“那你不能顺了他呀！”

“说什么都没用了。”她黯然地说道，“对不起……”

“现在说对不起有什么用？”我说。

“我下贱，你满意了吧！”她突然发怒，撇下我不知所措地站在原地。

“唉……”她竟然还有理了！

看来只能怪交友不慎，引狼入室。

我和骆盈分析了事情的原委，得出了善意的解释：帅猴以他女朋友之邀骗赵晓美去他家，随即对赵晓美动手动脚，赵晓美当然反抗来着，可是抵不过帅猴身高力大，被侮辱了。她不敢告诉杜老板。帅猴猜透了她的心理，以此来威胁，赵晓美就顺从了他。可能是帅猴比杜老板风趣，赵晓美自甘堕落多次和帅猴偷情，直到后来被发现……

很久没来温州夫妇开的小饭馆了，我和骆盈请杜老板吃饭以示宽慰。饭馆布置如初，只是老板娘不见了。老板讪讪地说了句“回娘家了”，便埋头进了厨房。骆盈向我做了个鬼脸，我耸耸肩，这是心照不宣的意思。

点了很多菜。听说心情不好的时候人会胃口大开，果然如此。

杜老板大快朵颐，全然没了忧伤的情绪，突然变得坚强起来了。

“别提她了。”他说，“咱们暑假出去玩吧？”

“好啊，”骆盈说，“去哪里？”

“去西藏，那里是朝圣者的天堂，可以让心灵得到洗礼。”

“不好，还是去海南吧。”骆盈说，“我要把名字刻上天涯海角！”

……

“你说呢，江言？”杜老板问我。

“哪儿都行，你们定。”我说。

“那咱们举手表决。”骆盈说，“同意去天涯海角的举手。”

我跟着骆盈缓缓地举起了手。

“江言，你重色轻友。”杜老板抗议道。

“呵呵……”我憨厚地笑道。

“你工作解决了没？”骆盈突然问道。

“还没。”杜老板说。

“要不你先到我爸的公司干着吧。”她说，“他那装修公司刚好缺计算机专业的。”

“合适吗？”杜老板将信将疑地问道。

“当然，虽然不是正式工作，但工资高。”骆盈说，“现在很多人都辞了正式工作出来干呢。档案可以放在人才市场，以后找好工作可以转嘛。”

“多谢，多谢！”杜老板给我俩倒满啤酒，端起碰杯，“你

们是我杜斌的朋友，现在是，一辈子都是。”他深情地说道。

“我不喝啤酒。”骆盈说。

“这杯一定要喝。”我接过她的酒杯倒出一多半在我杯子里，将余下的一小半递给她。

她一饮而尽。

看来7月是个离别的季节，人人都有不堪回味的别离。

杜老板和赵晓美分手了，温州饭馆的老板娘离开了相守数十载的老板，我们和相处多日的舍友、同学别离了。

那天刚进行完毕业前的最后一门考试。在等待辅导员进来训话的空当里，不知谁带头扔起了一只纸飞机。于是班上那群20岁左右的大男孩和大女孩们几乎都开始用草纸和书页叠一只只美丽小巧的纸飞机，就像孩提时玩的那样，轻轻地呵一口气，然后放飞。

整个教室沸腾了，那些在翅膀上写着Happy to you(祝你幸福),Excuse me (请原谅),或者I love you forever (永远爱你)之类英文短句的纸飞机开始在空中翻飞，像一只只白色的蜻蜓。然后画着优美的弧线有意无意地扎在女生的头发上，扎在男生的衣领里，扎在各种意想不到的空间里。

当一只纸飞机翩然落在讲台上并被辅导员郑重地收在公文包里说要留作纪念的时候，教室里一片从未有过的寂静，我们仿佛感到了心底里呼之欲出的东西。而后班上那位忧伤的小女生终于忍不住哭出声来。

原谅我们是以这样天真的方式表达情感的呀。也许有怨恨，

就让它归去；也许有烦扰，就让它离开。只留下所有的美好与和睦，只留下所有的眷恋和不舍，收在纸飞机的翅膀上，飞呀飞，飞过 7 月的流光，飞过别离前最后一次短暂的相聚，飞进那天所有人的心里。

47

这忧伤的情绪让我想起了方莹。已经有一个多月没有她的消息了，她还好吗？

我犹豫良久，还是拨通了工大宿舍的电话。但不是找方莹，而是打给周岚的。我已有了新欢，再找方莹不太合适，还是找周岚辗转了解点信息吧。

“你还记得打电话来！”周岚在电话里冷冰冰地说道。

“她早和我提出分手了。”我说。

“哼，分手了！是吗？你赶快过来赎罪吧！”

“出什么事了吗？”我急切地问道。

“方莹出事了，你不知道吗？”周岚生气地说完，啪地挂掉了电话。唉，这姑娘什么都好，就是爱挂电话！我还有好多话想问，她又迫不及待地挂掉了。

6 路车安静地在起点等着我。车上人很少，我依旧在第三排靠边的位置坐下。司机缓缓启动车，渐渐加速，向着终点进发。

“方莹出事了，会出什么事呢？”我想道。她生病了？还是

被打劫了？还是……任我天马行空地去想象，始终无法得到满意的答案。

工大宿舍楼冰冷地打量着我，似乎并不欢迎我的到来。我定了定神，让一个进楼的女生帮忙叫下122的方莹。

几分钟后，周岚出来了。她亦冰冷地看着我。

“方莹呢？”我说。

“现在想起方莹了！”她说，“唉，你啊……”她欲言又止，也可能是话中带话。但我无法洞察。

“方莹不在吗？”我问。

“你找她干吗？”周岚说，“难道告诉她你们被堵在小花园里吗？”

我心底猛地一颤，她如此说，难道知道了我被处分的事？莫非方莹也知道了吗？

“我——”

“我什么我！”她说，“你这种人，见异思迁，方莹当初怎么看上你了！”她不无愤怒。

“方莹在吗？我想见见她。”我说。

“她不会见你了。”她说。

”为什么？”

她不再言语，默默地向校门外走去。

我紧紧跟着她。如此场景让我想起了和方莹的最后一次见面，她也是这般沉默，一路向东，沉默地走着。

天空阴沉沉的，风是湿热的，吹在人身上，一会儿身体就汗津津的。

如此走着，到达了k河之畔。垂柳早已从嫩黄变成翠绿，草的颜色也一一深沉了。那只孤舟还在，被铁链拴住依旧无人问津。可能是下过雨的缘故，河水微微有些浑浊，不见昔日的清澈。

我疑惑地看着周岚，不知她带我来此有何意义。这里是我和方莹的秘境，想必是方莹带她来过。

“你是不是非常想见方莹？”她突然发话了。

“是的。”我说，“非常想见！”

“你不是有新女朋友了吗？”她质问道。

“是方莹先提出分手的，”我小心翼翼地解释，“之后我才有的新朋友。”

“她说分手你就同意啊！”她愤怒地说道，“你怎么不想想她那是一时的气话，傻瓜！”

“她给你说是气话吗？”我说，“我感觉她并不喜欢我，所以，所以……”

“所以你就转身找别人了。”她说，“原来你早就预备好了！”

“没有！”我说，“真的在她之后。”

“好了，说这些还有什么用！”她说道。

“都怪我。”我说。

“你不是想见她吗？”她说道。

“她在哪儿？”我急切地问道。

“在河中央。”她幽幽地说道。

“什么？”我说，“别开玩笑了！”

“你真不知道还是在装傻，”周岚喊道，“方莹死了！”

“什么！”

“方莹死了！就在这河里！”她哽咽道。

“你骗人！”我急了。

“真的，上周日下午，在这河里，她为救一个小孩，结果……”

“我不信，”突如其来的悲怆袭击了我，我强忍住即将涌出眼眶的泪水，“你骗我！”

“报上都登了，你没看见吗？”她从兜里掏出一张报纸剪样递给我。我将报纸展开来，映入眼帘的是粗大的黑字标题：“舍己为人，女大学生勇救落水儿童！”

我一个字一个字地看下去，冰冷毫无生气的字眼每一个都如冰锥般扎入我的胸口，我感觉快喘不过气来。

“本报讯（记者沐阳）昨日下午，科大××班女大学生方莹，在k河边勇救落水儿童，因体力不支不幸遇难……”

报道有一百多字，详细讲述了事情的原委：周日下午，方莹在河边散步，听见远处有人呼救，一个老奶奶在河边洗衣服，她带着的两个小孩玩耍时双双跌进了河里。方莹奋不顾身跃进水里，先救上一个，另一个却被水流冲远。方莹在救第二个小孩时由于体力不支，和小孩双双遇难。

怎么会这样！我颓然跌坐在草地上，像每一个突然遭受重大变故的人一样，脑海瞬间一片空白，浑身被悲痛榨干了力量。

我倒在地上，仰望着苍穹。灰蒙蒙的天空饱含伤痛。我努力

克制，但悲伤还是爬上眼眶，眼睑酸酸地做着争斗，终于不敌汹汹泪意，晶莹之水顺着面颊滑落。

此时已经没法思想，没法言语，我就这样默然躺着。周岚默默地坐在我身边。一会儿她也像我一样，背朝大地躺下。我俩就这样并排仰望天空，不用看我也知道她脸上满是泪痕，因为我能听到她不时发出的短促的抽泣声。

我们就这样躺着，谁也不说话，任凭时间在腕间的表中滴滴答答地流逝。

直到暮色来临。不知躺了多长时间，傍晚时候，我们才慢慢沿着原路返回。

从乡野间返回城市的街道，此时华灯初上，华丽的灯光给城市披上了缥缈的外衣。我突然觉得饥肠辘辘，提议请她吃饭，她没有拒绝。

这家小吃店的汤做得不错，是在一个超大的瓦缸里煲着的，老板用长长的铁篓子将小汤罐取出来。也许是悲伤过度的原因，我们两人又渴又饿。她吃完一大份炒面，喝了两份汤。我吃了一大盘炒米饭，也喝完了两份汤。

“呶。”她递给我一张餐巾纸，我接了过来。

“这个也给你吧。”她再从包里掏出一样东西。

“什么？”我边说边接了过来。是一个精致的笔记本，封面上印着小男孩手执一朵玫瑰送给小女孩的画面，旁边是竖排的行楷体字样“永远的爱恋”。

翻开来看，没有写什么，只有几页粘贴上去的字条。

“同是天涯沦落人，相逢何必曾相识。——与方莹同学共勉。”我记得，这是我高三时在运动会那天写给她的。她弟弟拿这去告密，她父母出面干涉迫使我们分离。

第二页上也是我的笔迹，“因你无限的美丽，我喜欢深深将此刻尽凝望！”“一瞬间太多喜欢上你，愿深深把此刻尽凝望。”这些都是我和她一起上自习时我突发感慨写给她的。她说：“这可是你的罪证啊，以后反悔可来不及了。”她的音容笑貌犹在眼前。

第三页上是她的笔迹：“要说的话是深秋不会凋谢的花朵，因为珍重，所以不会轻易说出。——江言，×× 年2月3日 ”想起来了，是寒假里我打电话询问我的信有没有收到，我在电话里亲口对她说的。不想她记在了本子上。

“这是在方莹枕边发现的。”周岚说，“我觉得有必要给你。”

“你知道吗，方莹这些日子很难过。”周岚说，“尤其听到你和你那骆盈在小花园被人逮住的丑事，真的很难过。”

“她并不是真的要和你分开，只是对你有些生气罢了。”周岚说，“哪知你竟然这么快找到新欢了，真是‘由来只有新人笑，有谁听到旧人哭’！”

“你知道这事对她的打击有多大吗？别人都知道你是她的男朋友，结果你和别人鬼混还被抓住了，这让方莹脸往哪儿搁！”

“对不起，她提出和我分手，我以为是真的……”我说。

“真什么啊，方莹从没给我们说你们分手了。你必须为你的行为接受道德的审判！”周岚说道。

我默默地接受周岚的数落。

“要不是你干的那些破事，方莹也不至于难过去河边散心。”周岚说，“那段时间她常去，一坐就是几个小时。”

“她要不去河边，就不会救人，就不会出意外！”周岚说，“所以，是你害死了她！”

“是我害死了她！”这个念头早在我心中隐约萌生，现在被周岚毫不留情地指了出来。我不带她去河边，她也许永远不知道这条河，更不会来这杂草横生的河边，她就不会出事……

“是你和你那骆什么的，”她指的是骆盈，“是你们俩不自重，害死了方莹。”

周岚说：“你们就为她赎罪吧！”

“方莹会一直看着你们，你们疯狂去吧！”周岚说。

48

有什么样的悲痛能大过对逝者的默哀？何况她曾是我至真至纯的爱恋。

我在暮色中久久伫立。风逝如歌。黑夜降临，灯火渐次熄灭，我仍无睡意。

杜老板爬上宿舍楼顶来：“出什么事了，江言？”

“方莹死了。”

“啊！”

……

也许是造化弄人，也许是天妒红颜！一个鲜活娇美的生命就这样烟消云散，只留下彻骨的伤痛。像寒冷的冬雪下到冰冷的河水里，那瞬间的刺痛是刺骨的疼痛。其实这个比喻并不恰当，冷水的刺痛慢慢适应一会儿便会消失，可这内里的伤痛却始终无法愈合。疼痛像游戏里漫山遍野的小兵，灭倒一片，另一片围堵过来，此消彼长，永不停歇。

我背上行囊踏上归程。没有告别，其实没法有告别。我能告

诉骆盈说“是咱俩害死了方莹吗”？我能坦然面对大家对我的质疑吗？我能坦然面对知情者“无声的审判”吗？

不能！所以我只有落荒而逃。我给杜老板留下了字条，请他代劳处理领毕业证这些善后事宜，并请他给骆盈解释。原想给骆盈留下一封信，却不知从何说起。最终落在纸上的只有寥寥几句:

“方莹死了。对不起，不能陪你去天涯海角了。心里好痛，请给我时间！”

我不知道骆盈对我的不辞而别有何感想，现在已无暇多想了。我在长途汽车站徘徊良久。“去哪儿呢？”我没有勇气长途跋涉，也没有豪情浪迹天涯。我需要找到一处可以寄托情怀、缓解伤痛的地方。最终我将目的地定在k城，这里有我和方莹的母校，我们在这儿度过了难忘的高三时光。

如果你不能忘却，那么不如融入其中，或许有意料不到的收获。

阔别三年，母校的风物几无变化，高大的校门雄伟如初，青石板路依旧光可鉴人，高三毕业班教室前的五色海棠还是那般鲜艳的盛开。毕业生早已离校，教室里不见人影。黑板上还残留着数学公式以及五边形的几何图案。课桌空空如也，寂寞地等候着新的主人。第三排是方莹的位置，倒数第三排是我的位置。我喜欢捕捉她转身快速扫过来的目光，相视莞尔一笑。自习室我们坐在一起，有时候我坐过去，有时候她坐过来……

因是周日，校园里只有零星的学生走动，操场上有几个人在打篮球。我跃上双杠坐下。背后便是昔日我们翻墙外出的地方，原本矮矮的围墙已被加高，我估摸了一下，照样可以翻过去。双

杠左侧就是当年运动会时我们班的所在，我和方莹在这里认识。我还记得她怯生生的样子：“你能帮我看看吗？”她将她写的通讯稿递给我，然后迅速侧过身去……

整整一天，我在这个城市里游荡。城市不大，景却不错。但我不是来看风景的，是来追梦的。环城公园绿树成荫，风姿绰约。护城河波光粼粼，河水涨起来，吞没了冬季裸露的大片谷地。我和方莹探访过的河床被深埋在河底。

我们常去的台球厅还在，台主也未易人。“小伙子大学毕业了吧？”他友好地问我。“嗯。”我说。“来一盘？”“好嘞。”台主麻利地摆好球，我俩展开厮杀。我聚精会神地瞄准，除了手臂外全身保持静止，只有这样才能发挥最好的水平。果不其然，“砰！”红球隐身落袋。只有这时候，疼痛不会来袭。不过这平静没能保持很久，不一会儿他讨好地问道：“你那漂亮女朋友呢？怎么没跟你一起来……”

傍晚的时候我去看了场电影。这街心的影院是城市不变的风景，红男绿女的年轻人出入其间。我在售票口买票，售票员是一个胖小子，低我一级，经常被赵小伟他哥们儿欺负。我认得他。他妈妈一直在这儿卖票，现在他接了她的班。我想和他聊几句，但他不认得我。“别磨蹭！”他不耐烦地说，“下一个！”电影是周星驰的《大话西游》，这片子骆盈陪我在大学的电教室里看过。独自一人看电影我还是头一次。我和方莹来过这里，现在剩下我形单影只，旧梦难觅了。

电影像风情的女人，依旧深情款款：“曾经有一份真诚的爱情摆在我的面前，我没有珍惜，等到失去的时候才追悔莫及……”

好煽情的对白！

第二天一大早，我退掉小旅馆的房间，来到长途汽车站，上了西行的班车。不一会儿汽车缓缓启动。出了城，沿途树木郁郁葱葱，景色变得好看起来。大约半小时后，汽车拐入省道，公路沿着溪流盘旋而上，两边是大山，树木茂盛。又走了约半个小时，山势突然像被巨斧破开了，前方豁然开朗，一片小盆地凸显在眼前。

“×× 基地，有没有人下车？”司机问道。

“我下。”我猛然从纷繁的思绪中回过神来。

×× 基地，这是方莹家所在的工厂。别看这是个偏僻的工厂，但俨然已像一个小王国，医院、学校、公安、商店、菜场一应俱全，人声鼎沸，十分繁华。家属楼有十几栋，我不知哪座是方莹的家。

为什么来这里？是为忘却还是赎罪？若是忘却应该远离，若是赎罪应该坦然。可我，却像个忐忑的路人，不敢贸然打听。这样的结局自然是一无所获。下午的时候我坐在路边等待返回的班车，班车每天早晚各一趟，错过了只能留下了。

但班车一直没有来，我便沿着公路向来时的方向走。看见河边一位老者正在垂钓，我走过去看他钓。他示意我不可言语，以免惊动了鱼儿。

几分钟后，白色的鱼漂一动，接着猛地一沉，鱼上钩了！老者猛地提杆，鱼被钩上来了。是一条金黄的大鲤鱼。我手脚麻利地把小水桶给他送到跟前，他老练地将鱼钩从鱼嘴里摘下，将鱼放进去。鱼重归水中，唰地溅起些许水花。

“年轻人，要不试一试？”他笑眯眯地说道，“我歇一会儿。”

“试一下。”我说。

我接过鱼杆穿上蚯蚓做的鱼饵，扬杆丢向水面。

他垫张报纸在我旁边席地坐下，打开烟盒：“来一支？”

“不用，谢谢。”我说。

他点上一支烟，看我垂钓。“不是本地人吧？”他问。

“不是，”我说，“找朋友的。”

“找到没？”

“没。”

……

很可能是出了事故，那天班车始终没有来。天黑的时候我和老者已经混熟了，他邀请我去他家，我愉快地应允了。

他和老伴住在山脚下的村子里，一对儿女出去打工了，常年不在家，乐得有人造访。

晚餐是红烧鲤鱼，我去村口的小卖部买来一瓶白酒，我们边喝边聊。这才知他是退休教师，在乡里的学校教书，去年才退休赋闲在家。

得知我大学刚毕业，老者感慨万千。提起他的儿子，说是上学不好好学习，外出打工也不好好干，动不动和人打架，差点把人打死，现在在看守所里关着呢。

“我有个同学，他哥也因为捅死了人，关在看守所哩。”我想起了赵小伟他哥赵大伟。

“唉，作孽呀！”他自言自语道。

看来每个人都有不堪回首的往事。受此情绪影响，外加酒精

的作用，我向他坦陈了我此行的目的，来 ×× 基地找我的前女友家，她因为救落水的小孩不幸遇难。

“你找到她家能干吗呢？”他说，“逝者已逝，你去名不正言不顺，平添人家的伤痛，何苦呢？”

“我也不知道该怎么办。”我说，“总之心里很难受，非常难受！”

“过些时间就好了，”他说，“你还小，人这一辈子要经历很多痛苦的，慢慢都会好的。”

“但愿！”我说。

“你说的那女娃我知道。”他老伴端菜上来说道，“埋在后山上。”她接着说道：“漂漂亮亮一个娃，多可惜……”

一夜无眠。

一大早，我向后山走去。绿茵茵的田垄上，狗尾巴草都长疯了。荷香从藕塘的深处氤氲开去，似一阵轻雾向四处弥散。微风拂过，碧绿的稻子俯下身子，做着青涩而整齐的动作。

路到尽头，迎面是苍翠的群山。茂盛的林木和巨大的山石挡住了视线，我沿着蜿蜒的小路爬上去。路到山腰处突然向下延伸而去，我的目的地到了。

我站在山腰处，注视着前方意料不到的景象。那是一片密密麻麻的墓群，各自前方立着整齐划一的墓碑。墓群呈 U 字形分布在这半山腰中的两个峰峦之间。

我默默地向前走，仔细地寻觅，悲伤已经悄悄地在心间弥漫。

我终于见到了方莹。她栖息在这山间方寸之土内，默默地和

这群山密林为伴。我终于见到了她，我离她咫尺之遥，然而却触摸不到她；我离她咫尺之遥，却又阴阳两重，相隔天涯。

我遗失了她，再度相见却物是人非。她的墓碑上只简简单单地刻着“方莹之墓”四个大字，我伸手抚摸她的名字，温热的墓碑仿佛传递着她的温度。

现在伊人离去，我只能感慨光阴荏苒，造化弄人。三年前我和她相识，三年后却成陌路！

“曾经有一份真诚的爱情摆在我的面前，我没有珍惜，等到失去的时候才追悔莫及……”这催人泪下的对白在我耳畔回响，像时光的长鞭抽打在我悔恨的心田上，愈来愈烈，愈来愈狠，永不停歇！

悔意模糊了双眼，脑海里忽然绽现她的容颜，鲜亮如初，仿在昨日……

有些人是值得永远怀念的，有些事是值得终身铭记的，有些光阴是需要时间忘却的。

我选择了短暂停留。七天时间里我每天都会去看看她。墓地有人祭奠时我便遥遥相望。老伯说得对，我必须做得隐蔽，不能带给别人口实，造成不好的影响。

但我可以为她做点什么。怀念一个人，可以对酒当歌，长歌当哭；可以嫦娥广袖，寂寞为舞；可以相约凡尘，俯首千年！但我不是歌者，不是舞者，也非神仙，我只有一只拙笔，一腔柔情，在字里行间表述胸臆。

《6路车开往终点！》《永远的蝴蝶！》《把此刻尽凝望！》——我在纸上反复写这些标题，写下，画掉，再写下，再画掉。如此

周而复始，不得而终。每一个标题的内涵都无法穷尽我的心意。标题如此，正文更是牵强。也许是少不更事，心智单纯，不知人情世故，无法体味世间沧桑。那些伤痛在我体内流淌，却凝不成只言片语，勉强蹦出来的只是些词不达意的感慨，和为赋新诗强说愁的做作。

仅此而已！

49

第七日，我和老夫妇告别。悄悄留下50元作为食宿费用，多少是我的心意。

回到家，方知家里电话快被打爆，有很多人找我。包括杜老板、赵小伟，还有许多狐朋狗友。骆盈的电话也来过。

我给她家回拨过去，没人接。“叮——”的电话声一直响个不停，直到第三天才有接听。

“喂。”她接电话说。

“是我。”我说。

“知道是你。”她说，“跑哪儿去了，怎么不辞而别？”

“对不起。”我说。

“方莹的事杜老板告诉我了。”

“对不起。”我说。

“和你没关系的，那只是意外。”她说。

“我不带她去那河边，她就不会……”我说道。

“我能理解。”她说，“我来看看你吧。”

“不用。”我说，“我想单独待一段时间。”

“那好吧。”她说，“一个月够了吧？”

我无言以答。

“两个月呢？”她继续说道，“算了，给你三个月独处的时间如何？”

“谢谢！”我说，“谢谢你能理解我。”

“三个月时间，应该够了。”她说，“我要你高高兴兴地回到我身边。”

“不说了，我要去给我妈妈抓药了。”她说。

“你妈妈病了？”我问道。

“老毛病了，没事的。”她说，“挂了啊！”

“再见！”我说。

我一一给大伙回电话。杜老板在开发区一家民营电脑公司找到了工作，他帮我领了毕业证，约好我报到那天给我送到单位，真是好哥们儿！赵小伟说他们要开车去玩，带我散散心，不容我拒绝，第二天他们两辆吉普车就从我高中所在的 k 城开到我家楼下。我用攒下来的钱请他们在县城最好的酒楼海吃一顿，然后上路了。

一路向东。途中路过看守所，看望了他哥哥赵大伟。从接见室的玻璃里我们看见赵大伟神情呆滞，双目无光。看来遥遥无期的牢狱生活已经消磨了他的意志，使他对生活早早失去了信心。

“人生最美好的其实是生命和自由，其他的都是扯淡。”午

间吃饭时在饭桌上赵小伟说。“我们要珍惜生活，”赵小伟冲我说，“江言，你这家伙不要再悲悲凄凄的了，把她发给你了。”赵小伟把同行的一长发女孩推给我。

“江言哪有这胆啊！”那女孩哧哧地笑。

“人生最美好的其实是生命和自由，还有爱情。”我大大方方地将那姑娘揽入怀说道，“为伟哥的这句干杯！”

“干杯！”大伙欢呼雀跃，举杯相碰。

一路上我们尽情浏览祖国的大好河山。到达终点南部某小城，他们大肆购买T恤、牛仔裤、洗发水这些东西。这里像是大型批发市场，价格奇低。他们把这运回去卖掉，赚取差价。一来可以旅游，二来可以赚钱，真是次愉快的旅程！

我被他们快乐的情绪感染，心情慢慢好起来了。当然也有孤独的时刻，在他们欢笑的时候，我能做的是一支一支地抽烟，直到嘴里一片苦涩，最后看见烟直想吐。

50

这一年我如期到新单位报道了，三万人的大型工厂。我在工厂党委下属的宣传部就职，工作是浏览报章，给部长和党委书记撰写紧贴时代的讲话稿和工作总结。慢慢地眼界开阔了，不再沉溺于风花雪月了。党委书记勉励我说：“小江呀，好好干，咱这部门可是培养干部的地方。”我说：“谢谢领导栽培！”

其实世界异彩纷呈。这一年，美日签署安保联合宣言，中英达成香港交接仪式协议；这一年，各种思潮涌动，老牌杂志封面上“南方流行性诱惑”这样的大标题也可以堂而皇之地出现；这一年，四大天王风头正健，周星驰的无厘头依然是最爱；这一年，周慧敏王祖贤还是玉女，清纯可人的海报满大街都是；这一年，中国足球依旧在重要时刻功败垂成，学子们发泄砸下的啤酒瓶满楼下都是；这一年《同桌的你》早就风生水起，其貌不扬的高晓松和老狼被青春学生顶礼膜拜；这一年，手机尚属凤毛麟角，传呼机风靡大街小巷渐成人手一部；这一年，方莹彻底从这个世界消失，再无法有影踪。

这一年，骆盈和我再无见面，尽管相隔一个城市 40 分钟的

车程。三个月的约定时间到了，她没有音讯。我给她宿舍打电话，她舍友惊奇地说她早就办休学了啊。问骆盈现在在哪儿她说不知道。我给她家打电话，一直无人接听。再过几天打，电话竟然停机了。

科大和工大我不愿再去了。k 河我也不愿想起，6 路车也只剩下模糊的印记。杜老板常来看我，和我宿舍的同事整宿玩升级，输了贴纸条喝啤酒。他也无骆盈的消息。其实要找她很容易，只需去她奶奶那儿（其实是她外婆，她一直叫奶奶觉得亲切），上次她开车带我去过。或者找她父亲问她的消息。但我没有，我不知该不该去找她！

打台球的爱好依然保持。周日我在市中心的文化广场上和同事玩台球的时候，竟然看见了周岚。她和一中年妇女从商场里走出来。

“周岚！”我叫道。

“江言，你怎么在这儿？”

世界真小。原来周岚家就在这个城市，也在一家国有大工厂里，在城市西头，我们厂在东头，遥遥相对。

他乡遇旧交是件非常美好的事情。我请她喝咖啡叙旧，街对面就有一家，店面宽敞明亮。

“现在怎么样？”

“还好。”我说，“工作适应了，心情也好多了。”

“那就好。”她说，“我一直担心你呢！”

“担心什么？”我问。

“其实方莹的事不能怨你，那只是一个意外。”她说。

“和我还是有关系的。”我说，“唉，我和她有缘无分。”

“其实，大家都有责任。”她说。

“方莹吧，思想单纯，单纯的女孩内心纯净，这是优点。但是有时候不知变通，看待问题会从她的角度出发，难免执拗。其实只要多沟通，会慢慢转化的。好比一张白纸，如果把握得好，会画出非常美的画面。反之，会走到另一个极端。”周岚说道。

“有道理。”我说。

她笑了：“你吧，心思缜密，但过于敏感，任何事情你都会不由自主地探究它的深意。如果搞科研，这是好事，但是在生活中，这就麻烦了。”

“嗯，有意思。”我说，“继续。”从没人这样面对面地解剖我。

“比如，‘方莹不给你’这样的事，你会联想出诸多可能，但从方莹的角度看，她只是觉得太早了而已。方莹的思想中认为同居这事只能在婚后才可以！”

“至于她对你学习、找工作的督促，从她本意上是对你的关心，是对你们未来的憧憬。但她不像别的女孩会撒娇，会察言观色，说出来的话变了味，让你觉得很难堪……”

“所以说，这世界其实是不真实的。”她说，“你能看到的、听到的未必是完完整整的真实。”

“有点深奥，不过我懂。”我说。

“你有没有觉得，方莹会是自杀啊？”她突然说。

“怎么会？”我说，“你乱想什么呀！”

“我只是有这感觉。”她说，“方莹游泳很好的，上游泳课时我们在浅水区，她在深水区，游得非常好。”

“不讨论这个了。”我说，“原因都不重要了，重要的是她永远离开我们了！”

“其实方莹未必为情所困，你另有新欢是一方面，很大一方面是她的‘面子’受到极大的伤害。”稍稍沉默了几秒钟，她说道。

“面子？”我问。

“她其实并不真打算和你分，不想你短时间有了新欢，还爆出小花园的丑闻，这让她无法接受。”她说，“人人都知道你是她男朋友，你却背叛了她。她一直是个心高气傲的人，这样的打击是断然无法接受的……”

“可是，她已经先提出了分手啊。”我说。

“这就是你的问题。你这人不但过于敏感，而且固守自己的一套莫名其妙的原则。”她说，“你认为方莹提出了分手，所以你理所当然地投入到另一份情感中。”

“你没爱上我，我遂爱上别人。这难道有错吗？”

“也许对，也许错。”周岚说，“这世界诱惑太多，你们这些小年轻现在已经很少懂得坚持了。”

“小年轻？”我表示反对，她和我年纪相仿，最多大一两岁，但她以过来人自居。

“别不服气，”她瞥了瞥脚部，“因为腿的原因，我从小都自卑，所以看问题比同龄人看得开些。”

“你的确知书达理。”我说。

“恭维我吧？”她笑了。

“你和骆盈怎么样了？”她问道。

我说：“她休学了，现在失去联系了。”

“哦，其实怨我，我不该拆散你们的。”她说。

“不怪你。”我说，“方莹出事了，于情于理我们都无法再在一起了。”我说。

“现在就算我能放得下，骆盈未必能想得开。”我说，“她没找我肯定有她不能释怀的原因。”

“就当是成长的代价吧。”周岚说，“‘此情可待成追忆，只是当时已惘然。’很多事都这样。”

“说说你吧，”我说，“从来没听过你的故事呢。”

“怕吓着你。”她笑道。

“我们这些小年轻自然入不了你的法眼。”我说，“讲讲，你的他在哪儿高就？”

“真听？”

“这还有假！”

“我爱上一个有妇之夫了。”她说。

“啊！”我说。

“吓着了吧？”她笑道，“我和他偶然相识，后来才知他有妻女。现在他要离婚，可妻子不肯，还到学校来找我……”

“那怎么办啊？”我问道。

“她没闹，只是央求我退出。”

“所以你就退了。”

“你怎么知道？”

“猜的。”

“伤心了？”

“没有。”

我没有劝她如何如何。我明白这世界并非建立在“对”与“错”这两个对立的标准上，凡事并不一定非黑即白，非对即错。我能做的只有缓解她的伤痛。

“来点红酒吗？”我说。

“你陪我喝？”

“当然。”

……

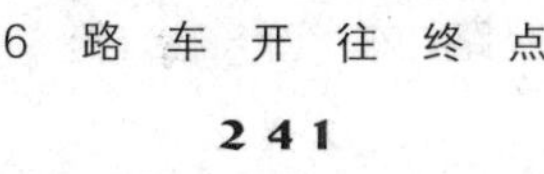

51

“我们和认知的事物之间总是横陈着一道深渊，无论用怎样长的尺都无法完全测出深度。我们能书出来的，说出来的，也许都是清浅的表象而已。”我在笔记本上郑重地记下这么一句。

这年冬天，我对世界仿佛有了新的认识。我忐忑不安地拿尺丈量世界。我知道这看不见的深渊是存在的，所以小心翼翼地和这世界保持距离。人和人之间，事物与事物之间，也许都存在深不可测的距离。

我终于明白这世界需要精确到小数点后的理性，也需要雁过留痕莫名伤悲的感性。那深不可测的深渊，也许无法丈量，但或许可以用心穿越。

我终于见到了骆盈。

春节来临前的某个下午，天气出奇地好，太阳温暖地照耀大地，心情顿时舒展了好多。我正在工厂大门前指挥工人摆放花卉，她来造访了。

她挎着包，穿着绿色的风衣走过来，笑吟吟地看着我。

我拍拍身上的灰尘迎了上去。“真是你啊！”我说。

“呵呵，”她莞尔一笑，“希望是谁呢？”

我和她沿着街道散步。时不时有卖花的小女孩走过，问我们要不要。她摆手谢绝。

“你去哪儿了？”我急切地问。

“发生了好多事。”她笑笑。

我这才知，短短半年多这个柔弱的女子身上发生了多少事。她父母离婚了，尽管她做了许多挽救工作，但他们还是离了。她爸爸和那个女人走到了一起。这期间她奶奶去世了，她和妈妈料理后事在乡下待了一段时间。再后来，她妈妈病情加重了，一直在她们市里治疗，但没什么起色。她舅舅认识一家医院的专家，专程接她们去治疗，先飞北京，再去加拿大。

原来她是来告别的。她舅舅和她母亲在机场，飞机因故延飞，她得空跑下来和我告别。省城的机场其实是在我所在的 × 市的地盘上，距省城 40 分钟车程，距 × 市市区只有 20 分钟车程。

“其实我也想和你不辞而别的。”她说。看来她对我当初的不辞而别一直耿耿于怀。

“对不起！”我说。

“一开始我挺理解你的，毕竟她是你前女友，所以决定给你三个月时间忘掉过去。但三个月时间到的时候，我突然觉得不公平。”她说，“凭什么你可以不辞而别，而我却不生气！”

“这不行。”她说，“我一定要生气。我生气有的男人为什么可以抛弃结发妻子，有的男人说离开就离开！”我明白她的所

指，前一个男人指她父亲，后一个男人无疑指我。

“所以你不接电话，休学也不告诉我。”我说道。

“我想突然失踪来着。”她说，“可是我发现你无动于衷！”

“我也找过你。”我说，“我这人木讷，做事老是慢半拍。”

“你找到我又如何呢？我可不愿活在别人的影子中……”她说道。

她这自相矛盾的质问让我无言以对，也可能是她的无心话语，却给我陡然增添无谓的枷锁。周岚说我心思缜敏，看来没有冤枉我。

“还回来吗？”我转移了话题。

“回来啊！”她说，“我爸还在这儿，他对我妈再不好，毕竟还是我爸啊。”

“去多长时间？”我问。

“说不定。”她说，“可能一年，也可能三五年，也可能不回来。”

“哦。”我说。

“我只有一小时时间。”她说，“飞机快飞了。”

“我送你。”

“好啊！”

我伸手拦车，一辆蓝色的出租车停在身旁。

她低头钻了进去，身子向里，腾出位置给我。

“去机场，2号航站。”她对司机说。

出租车向郊外飞驰。似乎有好多话要讲，可我竟然不知如何开口。

“还记得咱们是怎样认识的吗？”还是她率先打破了沉默。

“在调剂食堂。”我说。

“那么难的排列题你都会，”她说，“当时觉得你好厉害。”

“呵呵。”我说，“雕虫小技。”

“还装，”她说，“我在《射雕英雄传》里都看到了。”

“失望了吧？”我笑。

“那倒没，”她说，“不过你这家伙挺能装深沉的。”

“那不是深沉，那是内心丰富的外在流露。”我说。

“切……”

“温州菜馆关门了。”她说。

“不会吧？”

“搬到东头街上了，西边要拆了。”

“老板娘回来没？”

“不告诉你。”

……

机场到了。我们下得车来，右手边就是检票大厅，我停下脚步。“我就不进去了。”我说，“我这人一贯怕见大人。”

“那好，”她说，“再见吧！”

“哎！”我喊了一声。

她转过身来，微笑着看着我：“怎么啦？”

我想说点温情的话，可是在这瞬间，理性挟持感性，说出的却是：“鞋带松了。”

“再见！”她弯腰系了下鞋带，直起身子微笑着摆手和我告别。

“再见！”我说道。

52

我沿着宽阔的机场大道向外走去，不远处可看见 × 市的蓝色指示牌。顺着指示牌所指引的环道走下去，道路档次陡然降低，缩成了两车道。路两旁是光秃秃的树木，唯有麦田是深绿的，是这冬天不甚寂寥的佐证。太阳暗淡了，抵不住风吹来直钻衣袖的寒冷。

我默默地向前。路标上是些不曾听过的陌生地名，不时有“某某陵墓”字样的小景点指示牌出现，也是我未曾到过、听过的所在。

间或有大货车轰隆隆开过，压迫得大地为之所动。有摩托车驶来，音响放得老大，车主悠然自得旁若无人地随着歌声吟唱。

我继续向前走，遇到岔路口也毫不犹豫。“人生需要精确到小数点后的理性，也需要雁过留痕莫名伤悲的感性。”姑且让这感性带我前行吧。

一只狗不知何时跟在我身后，黄色的，一尺来长，不大不小。我停下，它也停下。我向它迎去，它反身后去。我前进，它亦前进。如此反复几次，我不再管它，任凭它跟随我。

我再度默默前行。不知何时，暖阳消失，天空飘起了沥沥细雨，

是雪派来的探路者。又到一个岔路口，这次我决定向左拐，稍稍修正一下方向。前方出现一片很大的葡萄园，叶片都黄了，树干干瘪着。有上千棵之多，苍凉而肃穆地做着春天前的坚守。园中有一间低矮的土坯房，看不见守园人的身影，却听见收音机里嘹亮的歌：

“当我独自徘徊在雨中

大地孤寂沉没在黑夜里

雨丝就像她柔软的细发

深深系住我心的深处

分不清这是雨还是泪

……

啊 往事说不尽

就像山一样高 好像海一样深

甜蜜旖旎彩虹般美丽往事

说不尽”

我觉得这歌似曾相识，好像是某部电影的插曲，但怎么想，都想不起来。

雨依旧淅淅沥沥，不大也不小。那只狗不知何时遗失了，只剩下我孤零零一人，默默在这雨中，一会儿右拐，一会儿直行，不知归途在何方。

全文完，2012 年 10 月完稿于西安，2015 年修正

后记

什么样的文章才是好文章，很久以来我百思不得其解。

朔爷曾说：“我压根儿对文学没什么认识，不知道什么是文学，自己想自己写。说实在的，文学的认识是一个很复杂的事情，没有什么标准，每个人都可以有自己的标准。成名以后特别没劲，那是一帮什么人呀？是一帮幸运儿，都没什么真才实学，包括我。”——嗨，他说了等于没说，还容易得罪人。

而村上春树，他借小说中推崇的作家哈特费尔德之口说：“从事写文章这一作业，首先要确认自己同周遭事物之间的距离，所需要的不是感性，而是尺度。”于是我也像他一样“一只手拿尺，开始惶惶不安地张望周围的世界”。可是我天生愚钝，至今也未丈量出个所以然来。

我最早意识到写文章的乐趣是高中时，语文老师捧着我的作文在他代课的两个年级读，特招女孩子羡慕，倍有面子。我没拿捏住，不小心弄成早恋，成绩一落千丈，高考整整差了 100 分，所幸复课时奋起直追，这才混进了闻名遐迩的西军电。大学里仗着点底子，半瓶子晃荡，混进文学社当了社长，领着一帮兄弟姐妹在校园里卖我们文学社自办发行的报纸《野草》，用卖报的钱

在周边小饭馆胡吃海喝，在校外KTV免费嗨歌，据说在学妹学弟眼里那是相当地拉风。

我的文章，至今在他们眼里都是风花雪月，骗不懂事小姑娘的。咳，这也不能全怪我。从小我就是个不听话的孩子，叛逆期特别长，这直接导致我下意识地抗拒一切权威，尤其拒读所谓名著，除了小学四年级时练识字看了四大名著。唉，不能怪我，年纪太小字都认不全能看懂个甚呀。这导致我的文学之路注定崎岖，好比一株植物，没有养分，全靠太阳照，能壮到什么程度！

没养分我也得长吧。最早我是学时尚杂志的文风，弄了几篇投给《当代青年》《文友》《青少年文汇》，竟然发了。靠着发的文章混进了报社当副刊编辑，开始向大家们约稿，刘心武、苏童、叶兆言、陈忠实、高建群、北岛等大家都有赐稿。那时年少气盛，因为篇幅问题，竟然斗胆把陈老师一篇3000字的散文硬生生删到不足2000字，人家可是茅盾文学奖得主呢。那时候高建群老师欣赏俺，书就一幅“鸿鹰于飞萧萧其羽”赠我，落款是为我这小弟题，只可惜我一直在“萧萧我羽”，从未飞起过。他的书法字迹饱满，我喜欢。后来高老师名满天下，小说拍成电视剧《盘龙卧虎高山顶》在央视热播，俺再没好意思拜访过。

我最喜欢的作家王朔和村上春树算作其二。他俩非正统出身，因而不在我叛逆之心所抵抗之列。他们的小说我都买齐全了。看王朔时比较穷，在石油大学北门外的地摊上十块钱买了本盗版的全集，我靠，应有尽有。便宜倒是便宜，只是字小得像蚂蚁一样，看一会儿就眼冒金星。

村上春树的书几乎全有，《象的失踪》《挪威的森林》《舞，

舞，舞》《斯普特尼克恋人》《海边的卡卡夫》《1Q84》……我最喜欢的是《象的失踪》，其中的文章《1973年的弹子球》看过两遍，《象的失踪》三遍，《且听风吟》五遍。我说我伙计把《平凡的世界》看过三遍定是真喜欢。看了五遍《且听风吟》，看来我也是真心喜欢。

“不存在十全十美的文章，如同不存在彻头彻尾的绝望。”《且听风吟》第一句如此写道。受此鼓舞，我脑海里横亘着一把尺子，双手开始在电脑上敲字。那是2002年，我写了《相见不如怀念》，四万字中篇，名字来自天后那英的歌。还有一短篇《狗之死》，一起投给上海作协主办的“五泄杯”全国文学大奖赛组委会。参赛选手大咖云集，后来名动江湖的慕容雪村也在。发榜时我的《狗之死》获得短篇组第145名。其实我看好的是《相见不如怀念》，我把它发给朋友们，他们看完默默不语。其中一个胆子大，说：“咋说呢，你写的东西，还是风花雪月的老套！”我晕！

看来，人最重要的是能够认清自己。于是我忐忑不安地对镜自检，镜子里我胡子拉碴毛发倒逆面黄肌瘦，原来是叛逆得太狠野蛮生长得太久的缘故。我容易吗，缺乏滋养导致我文风一贯轻浮，文章风花雪月也不足为奇。这都是被惯的。可是冰冻三尺非一日之寒，我这没将息好，月子里带的风花雪月的毛病恐怕只有寄望时间去根除。

至少有三年时间我十分绝望，这三年里除了应付生计，我没再写过一篇文章。再后来我辞了报社的工作，弄了个小公司玩，拉拉广告、搞搞策划，从此开始才不太缺钱花。最重要的是自己给自己打工，不用看别人的脸色，想干吗干吗。拉广告相比窝在

办公室好，可以接触芸芸众生，视野自此开阔。人生自由了，思想自由了，再回头拾起荒废已久的文字，竟然别有一番感触。

也就是那时候起我开始正式在网上混，先混本地的华商网，再混榕树下、天涯。那时江湖上已经很热闹了，李寻欢、宁财神都已声名大振。我想取个扎势的名字，可是凡是武侠里好点的人物都已被抢注了。别说乔帮主、西门吹雪、小李飞刀，就连反派叶孤城、上官金虹都没戏。我在榕树下最初的网名叫东方策和明日帝国，发过《相见不如怀念》和《城市森林》。后觉这两名一个沉暮一个狂妄，遂改名“江言”。那时莫言还未获诺奖，“江言”这名来自一篇名为《布衣天使》的情感文章，作者尹在。文章中的江言腼腆、友善、内敛、温和。看来我骨子里向往成为温和的男子，我在瞬间喜欢上“江言”这个名字，配上周星驰的叼烟照，潇洒无比！

网络这玩意儿挺有意思，可以让天涯若比邻。华商网当时文学沙龙的版主城市犄角龙和素手秋心，管理员褂子，网友深秋浅冻、蝶舞雨季，对我的文章尤为照顾，每贴必评。我的《迷失西安》就是那时写的，在华商论坛上发，华商网首页推荐，拥趸无数。只是连载到一半的时候我写不下去了。

混天涯的时候慕容雪村已经成名了，挂名舞文弄墨的特约版主。天涯这地儿藏龙卧虎，写手云集，一个帖子五分钟便会刷屏不见。我总不能无时无刻在那儿刷屏吧，那多无聊。

初到搜狐的时候，遇到了版主鹤月相随和寒月月，发的文章受到了他们的赏识。这地儿不像天涯人满为患，我渐渐喜欢上了。它就像一个舒心的客栈，客人不多不少恰恰好，随时来都有空房

等着你。搜狐还有个地儿叫天涯明月阁。天涯、明月、阁楼，好诗意的所在！这地儿其实是一帮有情怀的热血男女创建的一处文字的世外桃源。慕容若兮、公子笑、连城碧、叶开、大智、玖鬼、葭颦、苏未凉、丁灵琳……光听名字也是醉了！

这一年，天涯明月阁时任版主万古凌霄一羽毛号令群雄，组织了第二届搜狐网全社区狐王争霸大赛，组队厮杀。每队参赛选手必须写就散文、评论、诗歌、小说、武侠五类文章。我的首部武侠小说《再战紫禁之巅》就此诞生，有评委给了最高分。我平生第一首也是最后一首蹩脚的诗歌同时问世："流水带走光阴/这繁华、甜蜜以及酸楚/都是光阴的使者/她羽翅翩翩，粲然于岁月之上/轻盈无痕。"

值得一提的是，《再战紫禁之巅》里20多号人物都是搜狐小说天地和明月阁里的人名。鹤月相随是武当掌门，葭颦是天山派掌门，寒月月是桃花岛女少主，万古凌霄一羽毛是锦衣卫头目，姑苏慕容叶开是大侠，唯有大智惨点，身为响马劫镖车中了漠北双雄的夺命追魂掌，一命呜呼。

这一年，我凭借《台球厅不眠夜》获得2009年搜狐网小说天地十大作家。我自豪我竟然能为台球写一部小说！这篇小说被广为转载，曾经一度是每个台球论坛的镇坛之文。

《6路车开往终点》也写于这一年，参加了天涯的长篇小说征文大赛，只不过人家截稿时，我的小说只写了后来成稿的八分之一。叶开和大智特意从搜狐跑来捧场，我每贴一点，他们评一点。一直支持我的文友yinger103说，这一篇文笔确是轻灵些，故事讲得更好听。

在一个地方待久了就会选择离开，离开太久却又忍不住想念。

后来我混空中网的手机文学，发的每篇小说，累计点击量都上了百万。再后来在本地的西部网混，我后来的文章都首发于此。有很多人看了我的文章后加我为好友。风动若水建议我用江言这个名字把各个网站都注册了，他说："你成名是迟早的！"好令人感动的鼓励。

只是成不成名已不重要。张爱玲说出名要趁早，我已过了趁早的年龄。我只在乎大家能否喜欢我的文章。没有读者的文章岂不是令人尴尬的自言自语？更重要的一点，写文章这事现在成了我的一种爱好，和打麻将、钓鱼没什么区别。喜欢写，有人看，足矣。

还有一个叫"野草"的地儿竟然差点忘了。这地儿是当年我们大学混文学社时的那帮野草兄弟姐妹的微信群，现在是我的精神家园。我喜欢和他们探讨文学、妞、青春，晒我的新作，管他们爱听不爱听爱看不爱看。群里老拓是我老大、老谢是我老哥，此外他们都管我叫老大，谁叫咱当年是社长哩。我和寒冰、果子常常一句接一句地瞎聊，有时候才女玫瑰小烧、老谢、熙熙、画家堇力会附和上几句。再雪、书法家飞跃偶尔会冒个泡飘过。玫瑰小烧说会给我好好写一篇评论，她写过篇巨牛的《春风十里不如你》，是关于《万物生长》的影评。我顺势说标题就叫《北冯唐、南江言》吧，她们顿时不言语，怕是被我的狂妄吓住了。嘿嘿，我说，开玩笑哩。我说题目就叫《江言这孙子》吧，欢迎各种曝光、打砸。他们立马来精神了，巨蟹说，《江言这孙子》我一定浓墨重彩。向来潜水的光伟冒出来说："江言这厮自恋和扯淡的功夫

天下一流。”

我一拉广告的不扯淡能行吗？自恋却未必。我常对镜正衣冠自觉长得丑，常叹熊掌和鱼不能兼得！

2010年世界杯的时候，灵感来袭，我终于将《迷失西安》完稿，和出版社接洽改名成《寻》准备出版。我在网上广发英雄帖，一时间江湖豪杰纷纷响应，纷纷发来推荐文字。搜狐的版主鹤月相随、寒月月，腾讯小说散文的版主初初，新浪文化社区舞文弄墨的版主蝶舞寒秋，中华网小说论坛的版主到底好不好，中华网文学园地的版主喜新不厌旧，华声论坛小说版主华京雷，西部网文学社的版主杜育龙等众多好友纷纷捧场。只可惜因故未能如愿出版。后来随着光阴的流逝，我突然发觉这部小说尚有诸多不足，于是我大刀阔斧地改写，至今才改到一半。

能发现自己的不足这是好事，总比不知自己有几斤几两好，我以为。

在此唯物主义辩证思想观的指引下，我怀着忐忑不安的心情注视世界，发现世界上大多数人都写得比我好。这一度让我很沮丧。这一年，距离我首度写小说的2002年已有十年之久。

十年时间，时光飞逝万物流转，杜拉斯的湄公河干涸又丰盈，村上春树的大象想必也已重返心中平原。十年时间，漫长得令人无限遐思。

我唯一能做的是不停地阅读再阅读，妄图从书中寻找答案。

《且听风吟》中鼠说：“每次写东西，我都要想起那个夏日午后和树木苍郁的古坟。并且心想，要是能为蝉、蛙、蜘蛛以及夏草和风写点什么，该是何等美妙！”

我虽然一直未能把握写文章的尺度，但是却能和小说中的鼠一样领会到写文章的美妙来。鼠可以为蝉、蛙、蜘蛛以及夏草和风写点什么，我可以为台球厅、6路车、海洋馆、传呼机、猫、狗以及过往某人模糊的倩影和夏日明媚的山峦写点什么。

何况在小说中我拥有至高无上的权利。我可以驾驶时空飞车轻易地回到过去看看那时候的我们（《时光流转1995》），可以为喜爱的台球厅写点故事（《台球厅不眠夜》），可以让一只猫有飞檐走壁的功夫，爬上晾衣杆沿着自上而下的暖气管道出走（《星期二下午猫失踪》），也可以让江湖上的顶尖高手在紫禁城巅峰对决（《再战紫禁之巅》），也可以缅怀青春怀念被扔进护城河里的摩托罗拉汉显传呼机（《请呼，1999》），也可探寻当初跟着骗子混涉嫌谋杀的真假莫辨的旧日时光（《夏日故事》），也可以想想穷到加不起油的日子（《背得像马一样》），也可以暗谏一下我那帮伙计，这帮孙子胆大，给个联合国公章他们胆敢给你另设个米国来（《海鲜生猛》）……

原谅我一直在用第一人称来写作。若要探究我和小说的关系，我就是我，我也非我，切勿对号入座！写作这事需要灵感。阅历有限，阅读浅薄，我做不到名家那样世事洞明，只能靠有限的过往和感触来诠释世界。有时候心中万马奔腾笔下却一个字也写不出来，有时候笔下所言非心中所想却洋洋万字而不知所云。而要写起来却又深陷其中不能自拔，常常会陷入到真假难辨的境地中来。

所以，论写作、论文学，我本没资格发言的。我就像刚拿上驾照的新手，战战兢兢地上路，生怕一不小心蹭了挂了遭人白眼。

何况西安这地儿，十三朝古都，文化底蕴深厚。别说路遥、陈忠实、贾平凹、高建群这些让人肃然起敬的大家，单是俺身边的文化人，随便一个都能著书立说。

我也只敢在网上得瑟一下。不过也没事，江言我只在网络世界现身，现实生活中我只是一拉广告的，谁也逮不着我。

写字的跑去拉广告有些煞风景，但拉广告的会写点文字立马不一样了。嘿嘿，有时候人生境界的高低无非就是表述的顺序不同而已。

我这篇文章，算是散文吧。散文的精髓是“形散神不散”，也就是随便扯淡只要不跑题就行。所以就此打住，再回到文学本身。

“多年以后我才知她心中世界，其实有最火热的挽留。我始终无法到达的她心灵的尽头，不是荒原，而是接近天际线的自由！”《6路车开往终点》完稿那年，我突然对文学有了深刻的认识。

文学就是寻找某些迷失的东西！可是，偌大世界中，我们丢掉了什么，又能找回什么？

很可能什么也找不回来。不过我承认，是文学让我们有了强大的内心。和当初我们的少不更事、优柔寡断、患得患失不同，如今我们充满自信，这一点很难得。“我伙计杜老板说，现在就算把他扔在沙漠里，他也能闯出一片新天地。这话有点绝对，沙漠里没有水和食物，他必将被饿死或者渴死。但是，自信的人生无比重要，必将不会失去或错过，不会有遗憾。我以为。”（《台球厅不眠夜》）

只是，杜老板这厮自信过了头，三年前他卡上有500万，不听我劝砸进去想捞个大的，现在负债2000万。不过，这孙子路子野，我期待他翻起的那一天，给他的传记名字早起好了，曰：杜老板咸鱼翻身记。

除了强大的内心，文学还能让我们感受到世界的美好。“夜晚的繁星，林间的鲜花，耳畔的笑语，”（《6路车开往终点》），都如天籁般只可意会不可言传。

“你可曾感受到风中一片落叶的眷恋，可曾听到河水奔赴江海的一路欢歌，可曾会意茫茫人海中的回眸一笑？”（《且将温情暖少年》）

多么美好的世界！终有一天，你会明白，“人生需要精确到小数点后的理性，也需要雁过留痕莫名伤悲的感性！”（《6路车开往终点》）

人生就是不断成长的过程。无论是从现在窥视过去，还是站在将来的位置上聆听现在，或是从将来越过现在直接探究过去，抑或是以现在想象将来——都让我们静默三分钟，为逝去的年华，为现在的美好或哀愁，为将来的憧憬，再听风吟！

“海潮的清香，遥远的汽笛，女孩肌体的触感，洗发香波的气味，傍晚的和风，缥缈的憧憬，以及夏日的梦境……”

呜，多么美的世界！

最后，当然要鸣谢。

本书的出版得到了众多朋友们的鼓励、指导、支持和帮助，在此一并感谢。

对朋友理解最深的应是大侠古龙，他的世界唯有朋友、女人、酒和阅读。他把朋友放在第一位。的确，没有朋友的世界是灰暗无光的，我庆幸有这么多朋友。

我能做的是用文字表达对他们的真诚感谢。

与君初相识，犹如故人归。群英荟萃，共襄盛举。感谢，再感谢！

2015 年 12 月　西安

《6路车开往终点》锦言妙句100条

温情篇：

1. 什么让我们眷恋？夜晚的繁星，林间的鲜花，耳畔的笑语—— 一切美好而短暂的事物，都会激起人们内心深处的依恋。

2. 十年时间，时光飞逝万物流转，杜拉斯的湄公河干涸又丰盈，村上春树的大象想必也已重返心中平原。

3. 多年以后，我才知她心中世界，其实有最火热的挽留。我无法进入的她遥远的心灵尽头，不是荒原， 而是接近天际线的自由！

4. 好比一本书，需要从头读起，任何断章取义都将失之偏颇或适得其反。记忆也大抵如是，它薄如蝉翼，稍有疏忽折损将不复完整。

5. 关于她，我不知如何述说。现在，昔日时光早已流逝不见，我不再是从前那充满幻想的清瘦少年，但她在我心中一直是那个静美的少女。她那自然天成的纯真，始终不肯开怀的羞涩笑容，欲说还休的矜持，曾那般深深地感染着我！

哲思篇：

6. 我们和认知的事物之间总是横陈着一道深渊，无论用怎样长的尺都无法完全测出深度。我们能书出来的，说出来的，也许都是清浅的表象而已。

7. 这世界并非建在“对”与“错”这两个对立的标准上，凡事并不一定非黑即白，非对即错。

8. 我终于明白这世界需要精确到小数点后的理性，也需要雁过留痕莫名伤悲的感性。

9. 我忐忑不安地拿尺丈量世界。我知道这看不见的深渊的存在，所以小心翼翼地和这世界保持距离。人和人之间，事物与事物之间，也许都存在深不可测的距离。

10. 人最大的负累在于抛不下面子，只要你抛却面子，一切将迎刃而解。

11. 人往往这样，总是从别人不经意的话语中得到感慨，更要命的是，很多人还喜欢对号入座。

12. 如果事物一直按照既定目标直线发展该有多好！但一般的情形下，凡事总是出乎人们的意料，所谓的情理之中，意料之外。

13. 流言这东西，没有办法不在乎的。它就像风一样无所不在，无孔不入。

纯情篇：

14. 在万人校园里邂逅陌生女孩的几率，如果不是刻意安排，一般平均两个月可以碰见一次。一周遇见两次，绝对是有缘！

15. 隔着一层雾霾，我也能感受你的恬静。其实你很美。和你在一起的温暖和甜蜜，萦绕心头，像春天的雨、夏日的花，珍贵而美丽！

16. 我喜欢江花胜火、黄花遍地以及点点远去的帆影；我喜欢皓月当空、潮打空城和夜半无人的钟声；我喜欢似水年华、芳草伊人和佳期如梦的憧憬。

17. 我们望着萤火虫军团，这能与星空媲美的景观，这闪烁在黑夜中的浪漫、温暖的光亮，深深感染了我们。

18. “因你无限的美丽，我喜欢深深将此刻尽凝望！”“一瞬间太多喜欢上你，愿深深把此刻尽凝望。”

19. 我曾经说，我会把她写进我的故事里，她当时说，我才不呢，我问她为什么，她说故事都是假的，她不喜欢故事。不过她说，你写吧，她唱道：“看我在你心中是否仍完美无瑕。”

20. “看我在你心中是否仍完美无瑕。”完美无瑕的颤音，完美无瑕的歌词。可是，我被她这悠扬之歌所迷惑，我只以为这是她的无心笑语。

21. 自始至终我不知道她爱不爱我，她从来没对我说过“我爱你”三个字。当然我也吝啬地没说过。我最多只说过“我喜欢你”，等到我非常想给她说那三个字的时候，她却离我而去了。

22. 我现在还记得6路车上温馨的时刻，她永远坐在我前排，她喜欢转过来和我说话，风拂过她的秀发，落在我搭在座位后背的手臂上，很温暖细腻的感觉。

香艳篇:

23. 我再次吻了她。她不再反抗，闭着眼睛任我吻个够。她温顺地松开唇齿，迎接着我热烈的探索，并最终用舌尖报以笨拙的回应。

24. 我亲吻她的面颊、肌肤，她热烈地回应。相比学姐一览无余的豪放，她是羞涩地欲拒还迎，别有一种风情。

25. 每次到我血脉贲张的时候她跳下床去放磁带听歌。她的理由很冠冕堂皇："你还小，我不能害你。"我说我都成年了，她很得意地笑着，左一下右一下随着节奏舞动身体。

26. 她躺在我身边，蜷缩着身子，还在梦乡。我伸出手去将她搭在脸颊的头发向后拂去。她娇媚的面孔毫无遮拦地展现在面前。鼻尖微微上翘，嘴唇自然红润，抿成了弯弯的笑意，脸上肌肤吹弹可破，眉梢随着呼吸微微地一跳一跳。

27. 虽然进攻最后的领地未能奏效，但我现在可以在已经征服的领域里自由驰骋。我再次吻她的面颊、双唇以及进行其他的进攻，不再遭遇任何的抵抗，甚至还有热情的款待。

28. 不同的是这次她决定让我登堂入室。在她的默许下我主动进攻，但始终不得要领。

矫情篇:

29. 好白菜都让猪给啃了!

30. 陕西这地方真邪，说王八就来鳖!

31. "床前明月光——想起梅艳芳!""降龙十八掌——送

你去香港！”

32. 人生最美好的其实是生命和自由，其他的都是扯淡。

33. 世界上的姑娘，值得我们喜欢的有千千万万，有的遇上了，有的没遇上而已。

34. 可是，我们发生关系了。好比两军对垒，不下战书，不擂鼓，直接杀入对方中军大帐，取头领首级！

35. “走路大腿间缝隙大的一定不是处女。”杜老板得意地说道。

36. 男女间的亲昵，有第一次就有第二次。

37. 看来老衲道行浅，施主如果不嫌路途遥远，可去武当山找我静虚师兄，也可去峨眉找我了因师妹，还有少林慈悲大师。

38. “地主家的千金，还有资本家的亲戚，还崇洋媚外……”我装模作样地说道，“你这混进人民队伍中的美女蛇，我、我，我代表人民大义灭亲了！”

39. 我一觉醒来，睡眼蒙眬中听见有人把收音机音量放得极低在听本地台的生理热线节目。

40. 每次碰到此等场景，杜老板会说：“光天化日，朗朗乾坤，成何体统！”“吻别”则笑喊：“免费的三级片，童叟无欺，快来看了！”郑邪会说：“少儿不宜，关门放狗！”

41. 江言、方莹、杜老板三个人去智商仪上测智商，江言120，方莹130，杜老板把头伸进去机器没有反应，良久才缓慢发出声来……我故意卖关子拉长了语调说道，“——请不要把木瓜伸进来！”

风景篇：

42. 迎着5月的春光，放眼望去，蔚蓝的天空下是连绵起伏的淡绿的或黛青色的山峦，沿途低矮的树丛像青翠欲滴的绿毯，层层叠叠地铺满斜斜的山坡。一边的村庄梧桐粉映，荷叶田田。打开车窗，路边的油菜花香夹着青草香气的风扑面而来。

43. 清晨的k河像淡淡的水墨画。远远望去，一片碧绿的草地上凸显出三两棵威武的柳树身影，背景是清澈的水面，波光粼粼。隐约可见湖心岛上的葱茏。周围一片寂静，就连鸟鸣也是怯怯的，偶有虫叫，也像是酣睡中的呓声。再无他人。不远处有一小船，铁链缠绕在细柳的腰身上，没有上锁，撑船的竹竿斜斜地横在船上。真有“野渡无人舟自横”的意境。

44. 远远看过来，湖心岛郁郁葱葱，风景独好。但真的到了其上，才发现四周都是荒草。灌木丛密密麻麻，几棵大树几乎长疯了，看不出轮廓。树底下的刺藤阻挡了我们前进的道路。唯有岸边的草地踩上去软软的，给了我几分安慰。

45. 一只兔子突然蹿出打破了这平静。我蹑手蹑脚跟随着它，想将其捕获。它钻进树丛里，在大树根下窸窸窣窣地磨蹭。我拨开刺藤钻了进去。它仿佛成心和我嬉戏，待我靠近，突然转身消失在草丛里。我四处观察想要觅得它的踪迹，但它仿佛人间蒸发一般，再也不见影踪。

46. 她木然地看着河面，我则眺望远方。远处的村庄冒起了袅袅的炊烟，再远处是隐约的工厂高高的水塔。天空不是蔚蓝色，灰蒙蒙的，就算阳光穿透云层射出刺眼的光芒也无济于事。

47. 我和她在林荫道上慢悠悠地散步。法国梧桐高大的身姿

将林荫道拥抱得严严实实，三角星状的叶片四处伸展，一缕阳光也不放进来。

48. 垂柳早已从嫩黄变成翠绿，草的颜色也一一深沉了。那只孤舟还在，被铁链拴住依旧无人问津。可能是下过雨的缘故，河水微微有些浑浊，不见昔日的清澈。

49. 公路沿着溪流盘旋而上，两边是大山，树木茂盛。又走了约半个小时，山势突然像被巨斧破开了，前方豁然开朗，一片小盆地凸显在眼前。

50. 绿茵茵的田垄上，狗尾巴草都长疯了。荷香从藕塘的深处氤氲开去，似一阵轻雾向四处弥散。微风拂过，碧绿的稻子俯下身子，做着青涩而整齐的动作。

51. 秋日暖阳从树枝丫间洒落下来，有斑驳的光影。

52. 阔别三年，母校的风物几无变化。高大的校门雄伟如初，青石板路依旧光可鉴人，高三毕业班教室前的五色海棠还是那般鲜艳的盛开。毕业生早已离校，教室里不见人影。黑板上还残留着数学公式以及五边形的几何图案。课桌空空如也，寂寞地等候着新的主人。

53. 间或有大货车轰隆隆开过，压迫得大地为之所动。有摩托车驶来，音响放得老大，车主悠然自得旁若无人地随着歌声吟唱。

54. 一只狗不知何时跟在我身后，黄色的，一尺来长，不大不小。我停下，它也停下。我向它迎去，它反身后去。我前进，它亦前进。如此反复几次，我不再管它，任凭它跟随我。

55. 前方出现一片很大的葡萄园，叶片都黄了，树干干瘪着，有上千棵之多，苍凉而肃穆地做着春天前的坚守。园中有一间低矮的土坯房，看不见守园人的身影，却听见收音机里嘹亮的歌。

56. 山不高，但山势漫长，进山前的山谷尤其狭长，两边林木稀稀拉拉，簇拥着青黄不等层次凌乱的杂草。风景平平，但回头眺望，多看几眼，便能看出几分意境来。

57. 山脚下是连成片的房舍，间或有汽车从环山公路驶过。远远看去，人都成了漫画书里的小人儿，缓慢地挪动着。

58. 清晨的雾气刚退去不久，这村庄的视觉还有些朦胧。绿的叶、黄的花，还有天空中缓慢翻涌着的低云，像氤氲的淡墨国画。

59. 很美好的午间。蝉在耳边高声鸣叫，不知名的水鸟扑棱着冲向水面旋即离开，如此周而复始乐此不疲。

60. 我们穿过公园从河堤下去，沿着长着干草的冻土路走向河的腹地。如果是夏季，汛期到来，河水暴涨，便会溢到河堤的半腰上，暗黄色的河水夹杂着树枝、叶片和垃圾袋从上游汹涌而来，不见一丝温柔。

61. 有风从河中来，清风习习，涟漪荡起，散向远方。有蜻蜓掠过水面，拂动翠柳的倒影。河岸有青草、有蒲公英的嫩黄花冠，草间则有蟋蟀在唱歌，有不知名的虫子在巡游。

62. 水边已失却当年的宁静，有行人三三两两走过。也有青春少女在草间摘取蒲公英的花瓣，踮起脚尖轻轻移动想捉住那青色的蚂蚱。

63. 大学的林荫道是浪漫的通道，两旁是叫不上名字的各种

树木，既有春天的苍翠，也有秋天的金黄。

人物篇：

64. 她时而侧身看我，时而快步前行，时而拢发浅笑。她并不是我第一印象中那个怯生生的女孩，她身上散发出诸多我所不能洞悉的未知光芒。

65. 她已沉入梦乡，我听得见她轻微的鼻息声。我注视着她，如水月华轻轻洒在她的脸颊上，她的面容犹如婴儿般恬静，嘴角还挂着弯月般的笑意。

66. 如果不计较蚊子的袭扰，乡村的星空是绝美的景致。骆盈奶奶在院子里点起艾蒿，轻烟便四散开来，蚊子似乎少了不少。我和骆盈辨认起北斗七星来。

67. 我从大树底下钻出来的时候，惊讶地发现她已不在岛上了。她撑着小船向着对岸进发，我大声喊她的名字，她不答应，头也不回，将我孤零零地抛在荒凉的湖心岛上。

68. 这地儿常来，老板早跟我们熟了，结账时常常少算一盘。据说从前他是这儿有名的混混，后来械斗瘸了腿，但是余威尚在。他一瘸一瘸的样子，像极了小马哥。

69. 她的脸盘和下巴有着英武男生才有的淡淡轮廓，按理是不协调的，不料在她身上反倒成了一种特殊之美。尤其她披着男生的黑色呢子大衣时，显得格外英姿飒爽。

70. 她对台球一无所知，第一次打，把球击得乱跑。

71. 烛光下她的脸庞映得格外动人，我痴痴地看着她。她装着不知低头在纸上抄写着，握笔的手腕显得格外白皙纤弱，我不

由得心生爱怜之感伸手捉住，她笑着挣脱。

72. 隔一会儿她侧头看我正襟危坐，却拿笔在我手背上画来画去，受此鼓舞我再度握她的手，这次她没挣开，直到有人回头来。

73. 鉴于我也担心被人看见，便顺水推舟依了她的反抗。她从我怀抱挣脱，像受惊的小鹿一样飞快地上楼。

74. 这是我和她的第一次亲密接触。五秒钟太短，其他感觉实在谈不上，唯一记得她的嘴唇湿润而温暖。

75. 有小混混搭讪道："美女，咱们来打一盘？""凭什么？"骆盈说，"散了，散了！"大家一片哄笑。

76. 她用皮筋将散开的头发扎在脑后，老练地拿起枪粉拭擦枪头，把杆搭在桌上比画球的走向，然后才举杆瞄准，"砰……"红球应声落袋。

77. 我们喝了数量惊人的啤酒，其中不少是被夜总会的陌生女孩喝掉的。也不知是哪里来的女孩子，很大方地坐下，不客气地要酒喝。并反客为主地和我们碰杯，酒量出奇地好。

78. 阳光从树梢间洒落下来，在她周围洒下斑驳的光影，给她的美增添了更为瑰丽的成分。

79. 杜老板用树枝拨开熄灭的灰烬，鱼包最外层的荷叶早被烧焦了，但最里层的鱼肉鲜嫩无比，鱼香扑鼻而来。

80. 夏季的风和阳光温柔地在我们周身徘徊，我和杜老板安静地等待鱼儿上钩。方莹也没闲着，她采集岸边的花枝编成花冠给我们遮阳。

81. 我们班在西大楼最南头的阶梯教室，房间号是119，很

好记，是火警的号码。班上有107人，加上矮胖长得像宋江的班主任，恰恰一百零八将，被我们戏称为水泊梁山。

82. 班长高大魁梧，绰号晁天王；学习委员玉树临风，人称入云龙公孙胜……我入学成绩拙劣，要排座次想必已在七八十位以后的地煞星之列了。

83. “她摆手的样子优雅极了。”杜老板说，“还有她的普通话非常标准，微笑的样子很迷人。”

84. 她的长相不赖，但她的笑容尤其出众，抿嘴浅笑，嘴角微微一弯，笑意便溢出来，真是美极了。

85. 这电视里才有的温情音调从她嘴里发出，宛如天籁之音，我久久地凝视着她，自己浑然不觉。

伤情篇：

86. 三年算下来是一段不短的光阴，但我始终觉得太短，太匆匆。

87. 我明白我对她的在乎多于她对我，想到这我很伤感。

88. 这催人泪下的对白在我耳畔回响，像时光的长鞭抽打在我悔恨的心田上，愈来愈烈，愈来愈狠，永不停歇！

89. 怀念一个人，可以对酒当歌，长歌当哭；可以嫦娥广袖，寂寞为舞；可以相约凡尘，俯首千年！但我不是歌者，不是舞者，也非神仙，我只有一支拙笔，一腔柔情，在字里行间表述胸臆。

90. 也许是少不更事，心智单纯，不知人情世故，无法体味世间沧桑。那些伤痛在我体内流淌，却凝不成只言片语，勉强蹦

出来的只是些词不达意的感慨，和为赋新词强说愁的做作。

91. 我愈急愈无法行动，最后眼睁睁地看着她消失在竹林深处。最后谁都不见了踪影，我孤独地在竹林里行走，耳畔听见有人在朗诵苏轼的那首词：“莫听穿林打叶声，何妨吟啸且徐行。”

92. 疼痛像游戏里漫山遍野的小兵，灭倒一片，另一片围堵过来，此消彼长，永不停歇。

93. 我被他们快乐的情绪感染，心情慢慢好起来了。当然也有孤独时刻，在他们欢笑的时候，我能做的是一支一支地抽烟，直到嘴里一片苦涩。

94. 但此刻，河是宁静的，它清瘦得只剩下河谷里的一脉细流。她不言语，像是思忖什么，我默默地紧随她后，干草在脚下窸窣作响。

95. 像每一个遭遇重大变故的人一样，我同样感到生命的脆弱，那般充满变数而无法把握！

96. 我倒在地上，仰望着苍穹，灰蒙蒙的天空饱含伤痛。我努力克制，但悲伤还是爬上眼眶，眼睑酸酸地做着争斗，终于不敌汹汹泪意，晶莹之水顺着面颊滑落。

97. 我们就这样躺着，谁也不说话，任凭时间在腕间的表中滴滴答答地流逝。

98. 我沿着宽阔的机场大道向外走去，不远处可看见 × 市的蓝色指示牌。顺着指示牌所指引的环道走下去，道路档次陡然降低，缩成了两车道。路两旁是光秃秃的树木，唯有麦田是深绿的，是这冬天不甚寂寥的佐证。太阳暗淡了，抵不住风吹来直钻衣袖的寒冷。

99. 雨依旧淅淅沥沥，不大也不小。那只狗不知何时遗失了，只剩下我孤零零一人，默默在这雨中，一会儿右拐，一会儿直行，不知归途在何方。

100. 我再度默默前行。不知何时，暖阳消失，天空飘起了沥沥细雨，是雪派来的探路者。

内容简介

音乐台一篇优美的配乐美文触动了我深藏多年的记忆。我沿着6路公交车线路向终点进发，寻找已然逝去的青春年华。

她那自然天成的纯真、始终不肯开怀的羞涩笑容、欲说还休的矜持，曾那般深深地感染着我……

唉，谁未曾有过这般至真率性的时光，惊艳抑或温柔的岁月！

我终于明白这世界需要精确到小数点后的理性，也需要雁过留痕莫名伤悲的感性。

让我们一起追忆那流逝的芳华，铭记这曾经的感动……

责任编辑：史　婷
整体设计：行龙文化

专家点评：

被应试和就业两条互为因果的锁链禁锢的高校中，青春欲望依然按它们的自然规律生发着。爱与性成为青年男女们与现实教育体制对抗的方式之一，美丽而疯狂，虚幻而现实，在他们的心灵中留下了多少遗憾、多少忧伤……等终于明白了真正的爱与真正的生活的时候，既往的一切都再也不能追回。这是一部充盈着欲望与爱的青春小说，也是一部深切动人的成长小说，人们从中不难看到如今已经成为各行各业主力的70后们斑斓的人生底色。

——李星（茅盾文学奖评委、著名文艺评论家、原中国小说学会副会长）

读者点评：

青春追忆之旅，其实也是逐爱之旅。忧伤与美丽并存，一部感人至深的小说。让我们珍惜身边的每一个人，每一寸光阴。

——文化出品人 李洪洁

纯真年代的纯真故事，作者个人的追忆也是大众的共同记忆，触动时代的痛点。

——传媒人 拓峰

小说不仅仅是讲故事，而且给我们展示了作者掌控文字的出众才华。其中的景物描写，更为小说润色三分。

——策划人 许竞友

6路车兜兜转转，驶向终点，又开回起点。溢满甜蜜与忧伤，懵懂迷惘又自以为是的青春，在转弯处驶远，再也不会回来。

——影评人 玫瑰小烧

微博 微信

上架建议：流行小说

定价：48.00元